ラルーナ文庫

異世界龍神の夫選び

かがちはかおる

三交社

CONTENTS

Illustration

タカツキノボル

異世界龍神の夫選び

第一章　蒼穹（そうきゅう）遠く

龍（りゅう）は空を飛んでいた。

どこまでも高く、青く、澄んだ空だ。雲はほとんど見当たらず、太陽が暑いくらいに照りつけている。陽射しが白い鱗（うろこ）に跳ね返り、虹色の光を生む。

きれいだ。

龍はじゃれつくようなそのきらめきに夢中になって、くるくると宙を回った。

しばらく時を忘れて遊んでいたが、やがて飽きて、彼は地上を見下ろした。

空気がひどく乾いている。

龍は首を傾（かし）げた。彼は生まれたばかりの赤子のようなもの。なんの記憶も持っていない。

眼下の景色に見覚えなどなかったが、それでもわかった。

何かが、おかしい。

なんだろう？　何がおかしい？

龍はあちらこちら目を走らせながら速度を上げた。

ずいぶん飛んだが、やせた土地しかない。大地はひび割れ、水田や畑の作物もうなだれている。見るからに弱々しく、いまにも倒れそうだ。

おかしいと感じたのは、きっとこれだ。

龍は小さな村を見つけ、上空をゆっくり旋回した。

空はこんなにも明るいのに、村は暗い。

人々は家の中にこもっているようだった。通りを行く人もなく、笑い声も聞こえない。よくよく耳を凝らしてやっと、ひそひそ囁きかわす声が聞こえてくるくらいだ。

誰もが息をひそめている。

妙な不安が、龍の胸をかきたてた。

龍は怖くなって村を離れた。どこか遠くへ行きたい。

——……様……。

誰かに呼ばれたような気がした。

身体が重い。この暑さのせいか。それとも、胸を焦がす焦燥のせいか。

龍は少しずつ降下してきた。高度を保てなくなってきたのだ。もがき、あがいて、浮上しようとするものの、いままでできていたことがなぜかできない。

長く伸びた尾が上を向く。頭は下がっていく。

落ちる。

誰か止めてくれ。

龍が目を向けた先に、馬が走っていた。背に人を乗せている。ひとりは長身の男で、もうひとりは小柄な少年だ。

「龍神様！」

長身の男が叫んだ。

彼の声を聞いた瞬間、龍ははっきりと理解した。先ほど自分を呼んだのは、この男だ。

長身の男はこちらに向かって懸命に馬を走らせていた。小柄な少年が振り落とされないようしがみついているのが見える。

男が右手を伸ばした。

いまや龍は馬よりほんの少し上を飛んでいるだけだった。落ちてきたのが男にもわかったのだろう。彼は手を差し伸べている。助けようとしているのだ。

美しい男だった。長い髪と、彫刻のごとく端麗な顔立ち。だが、その目は吊り上がり、奥歯を噛みしめている。

彼の手が伸びる。

龍も力を振り絞り、手を伸ばした。白い鱗がさらさらと鳴り、姿が変わる。白く細い手足を持つ、人の身体に。

そして龍は、男の胸に飛び込んだ。

＊＊＊

誰かの足音がする。

もうちょっと寝ていたい。今日は何曜日だったっけ？　土曜日なら二度寝してもいいけれど、どうせ平日に決まっている。出勤して、仕事して、残業して、家に辿り着く頃には深夜に近いはず。

ああ、会社に行きたくない。疲れた。朝一番に思うことがこれって、人として終わっている。

俺は目を閉じたままスマートフォンを探した。いつも枕元に置いて、寝る前にはゲームとSNSチェック、朝にはアラームで起きる。

でも、今朝はアラームが鳴らなかった。

俺は目を開けた。

目の前に、知らない少年がいた。

「お目覚めですね」

何、これ。どういう状況？

さっき、誰かの足音で目が覚めた——たぶんこの子のだったんだろうけど、おかしいんだ。俺はひとり暮らし。もう長い間誰も家に泊めてないし、こんな子見たこともない。

少年は、だいたい十二、三ってところ。小柄だ。やや丸い、かわいい顔をしている。

「君、誰？」

不信感たっぷりに俺が尋ねると、少年はにっこり微笑(ほほえ)んだ。

「申し遅れました。僕はショウレンです」

ショウレンは頭の上に布で髪の毛をまとめている。あんまり見たことのない髪型だ。服装も、日本のものじゃなさそう。前で襟を合わせるのは着物に似ているけれど、下はシンプルなズボン。

どうなっているんだ。

「お身体のお加減はいかがですか？」

ショウレンはにこにこしている。

「身体は……」

俺は自分の身体を見下ろした。ショウレンのと似た、白と緑の着物みたいな服を着ている。ただしこっちは、上着が長くて広がっているデザインだ。

なんだ、これ。こんなの着た覚えないんだけど。

「一応……、なんともない、かな……」

「よかった。まる二日お眠りになってらしたので、心配してしまいました」

俺が眠っていたのは、大きなベッドだった。寝台を囲む側面の板が上まで伸びて、天蓋と繋がっている。まるで箱。板は一部に透かし彫りが施されて、箱の中にいるわりにはさほど閉塞感を覚えなかった。

よく見れば、長辺は両方が扉になっているようだ。いまは部屋の扉に向いた側が開いていて、逆の窓側は閉じている。

だけど、まる二日眠っていたって？

理解できない。

「エイメイ様をお呼びしますね。少しお待ちください」

ショウレンは頭を下げて、部屋を出ていった。

残された俺は。

「……夢でも見てるのかな」

そのくらいしか、思いつかなかった。

とりあえず部屋を見てみよう。俺はそっと床に足を下ろしてみる。木の床だ。

白い壁と濃く塗られた茶色の柱、欄間には凝った透かし彫りが見える。箱ベッドと同じ意匠かもしれない。

ベッドのほかには、部屋の中央寄りにテーブルと椅子、壁側に小ぶりな机と椅子。それから棚、箪笥、鏡台。どれも見たことがないものだ。

広い。この部屋だけで二十畳くらいありそう。

窓は丸い。嵌っているのはガラスじゃなくて、障子だろうか。

入口の扉は両開き。その扉が、開いた。

「失礼いたします」

入ってきたのは長身の男だ。背筋が伸びて堂々としている。服装は俺と似たもので、色は光沢のある紺だ。歳は二十代後半くらいか。長い髪を半分垂らして、半分は上で丸くまとめている。

俺はぽかんと口を開けていた。

びっくりするくらい整った顔だ——でも、どことなくこの人、見覚えがあるような……それも、つい最近。

「目覚められてよろしゅうございました。お身体も問題ないようだとショウレンは申しておりますが」

そのショウレンは、彼の後ろに控えている。

俺は我に返った。

「ああ、まあ、大丈夫そうだけど」

「お待ち申し上げておりました。龍神様」

龍神って、あの龍神……だよな。神社とかに祀られていたり、アニメでは最後の切り札だったり、ラスボスだったりもする、龍の神様。

俺がよほど変な顔をしていたのか、彼は片方の眉を上げた。

「龍神様？　いかがなさいました？」

「違う」

俺が言い、彼が目を見開く。

「俺は龍神じゃないよ。ただの人間」

「しかし、天から降りていらっしゃったでしょう」

「なんの話？　そんなの――」

知らない、と言おうとして、思い出した。

目が覚める前に、変な夢を見ていた気がする。空を飛ぶ夢だったような……。

「でも、違うと思うよ。あれはただの夢だし、これだって夢かもしれないし。俺の顔見ればわかるだろ？　普通の人間だって」

彼はなんともいえない、理解したがいものを見るように俺を見て、その後ショウレンを振り返った。

「龍神様に鏡をお持ちしなさい」

「はい」

ショウレンは鏡台の引き出しから手鏡を出してきた。

「どうぞご自分のお姿をご覧ください」

俺に向けられた鏡。

映っていた俺は、俺じゃなかった。

髪は白で、ところどころ銀色に輝いている。肩にかかるくらいの長さ。前髪の下にはぱっちりした、深い緑色の瞳がある。髪と同じくらいに白い肌。頬がちょっぴり上気している。全体的に見てかなりきれいな顔だけど、全然、まったく、見覚えがない。

もっと驚いたことがある。

白い頭の上に、瞳と似た緑色の、角のようなものが二本生えていた。

「え？　あ？　あれ？　鏡、変じゃない？」

頭の角に触ってみる。鏡の中の俺も、同じ動作を取る。

ショウレンが首を傾げた。

「龍神様は、ご自分がどなたかもおわかりでいらっしゃらないんですか？」

「そんなわけないだろ！　俺は日本人で、会社員で、今日も仕事だから出勤しなきゃいけなくて！　それで、名前は……。名前、は……」

出てこない。

「名前……名前……俺の名前……」

おかしい。どうして出てこないんだ。自分の名前を忘れるなんて。

「ち、違うんだよ。ちょっと混乱してて思い出せないだけで、名前はちゃんと……」

ちゃんとある、はず。

「とにかく、俺は日本人なの。会社に行かなきゃいけないんだよ。こんなところで寝てる暇ないの。だいたい二日も寝てたなんてありえないんだけど！　ここ、病院？　俺ってなんか怪我でもした？」

自分で言った言葉に、ざわりと鳥肌が立った。

怪我……したかもしれない。頭に浮かんだんだ。ここに来る前に何があったか。

俺は連日の残業で疲れ果てていた。出勤しようと歩いていたら気分が悪くなって、でも会社には行かなきゃいけないから、ふらふらしながら横断歩道に向かって……。

信号は、赤だった。

あ、ヤバい――なんて、気づいた時にはもう遅くて。

右から白いタクシーが来た。俺はそっちを向いた。

そこで記憶が途切れている。

「俺、車に、轢かれた？　救急車で運ばれたってこと？　会社に連絡しなきゃ！」

「龍神様」

彼が止める。なんの感情も窺わせない顔だ。

「何をおっしゃっているかはわかりませんが、ここは龍神様のために建てられた祠廟です。

どこにも行く必要はございません。どうぞごゆるりとお過ごしください」

何を言っているかわからないのはそっちだ。ここが俺の家でも病院でもないなら、「ごゆるりと」なんて過ごせるもんか。

「俺のスマホどこ？」

「すま……？　なんですか、それは」

「電話！　端末！」

「でんわ……？　たんまつ……？」

彼は眉をひそめている。

スマートフォンを見れば、俺の名前だってわかるはずなんだ。メッセージのやり取りもプロフィール登録もあるんだから。

「なんで……。なんで名前が思い出せないんだ。おかしいよ」

住んでいた場所とか、会社員だったこととか、仕事がしんどかったことなんかははっきり覚えている。それなのに、名前だけが思い出せない。

「あの、龍神様。お名前がないと不便……ということでしょうか？」

ショウレンがおずおずと進み出た。

「……違うけど。でも、そう」

「でしたら、河伯(かはく)様とお呼びするのはいかがでしょう？　伝承にある龍神様の呼び名のひとつですし、ふさわしいかと思います」

河伯。

その名前を聞いて、なぜだか俺は落ち着いた。知らない名前だ。日本人の名前でもない。なのに、不思議としっくりくる。

「ああ……。まあ、いいよ。それで」

「ショウレン。龍神様に名づけるなど畏れ多い」

長身の男が少年の腕を摑んでいた。

畏れ多いとか、そんなの、どっちだっていいよ。

「それで、あんたは？　あんたの名前はまだ聞いてないよ」

睨む俺に、彼は目礼する。

「大変失礼いたしました。私はシュウ・エイメイと申します。龍神様の世話役を仰せつかりました。どうぞなんなりとお申しつけください」

「帰りたい」

「それは困ります」

間髪入れずに言い返しやがって。どこが「なんなりと」だよ。

エイメイはショウレンを手で示した。

「身の回りのお世話はこちらのショウレンがいたします」

「よろしくお願いいたします」

少年はぴょこんと頭を振る。

「ほか、お食事やお着替え、ご入浴のお世話などは祠廟の者がさせていただきます。のちほどご挨拶させます」

「俺は王様かなんかなの？」

「あなたは龍神様ですが」

ああ、そう。

俺は持ったままの鏡を見る。不機嫌そうな顔の男が映っている。こんなの俺じゃないと思うのに、その表情を見ていると間違いなく俺だとも思えて、変な気分になってくる。

この表情、俺そのものなんだよなあ。数分見ているだけでどんどん見慣れてきちゃうから始末に悪い。

それから、もうひとつ。

「祠廟って何？」

「神を祀る社です」

神社みたいなものか。

「その割にはこの部屋変じゃない？　なんで机とか寝る場所とかあるの。神様は人間界には住んでないんでしょ？　ここ、誰の部屋？」

「ここは龍神様のお部屋です。祠廟には管理人がおりまして、いつ龍神様が顕現してもよろしいように万端整えてございます」

「そうなの？」

「はい。龍神様にはお部屋が必要でしょう。むろん、寝台も」

そうなのか？

「龍神が俺みたいなのばっかりなら、そりゃあそうだろうけどさあ」

俺は疲れを覚えた。

「ねえ、喉が渇いた。なんか飲みものない？」

「お茶をお持ちしますね」

ショウレンが答えて、部屋を出ていった。

お茶かあ。できればスポーツドリンクとかミネラルウォーターがよかった。もしくは、エナジードリンク。いや、仕事はもうしなくていいんだっけ。それならエナジードリンクはいらないか。だけど、この状況って本当に現実？　目が覚めたら病院のベッドの上だったりしない？

「よくわからないな」

俺が呟いたのを、エイメイが聞きとがめた。

「龍神様。本当にお身体は問題ないのですよね？」

「うん。ない、と思う」

「ですが、何も覚えていらっしゃらない」

「覚えてるってば。名前が思い出せないだけ」

「いえ、私が申し上げているのはそういうことではなく」

じゃあ、なんだ。

「ひとつ確認させていただいてもよろしゅうございますか」

改まって言われると、嫌な予感がする。

「ご自身のお力を使う方法はご存じですか？」

「龍神ってなんか力があるの？　神通力ってやつ？」

「そうですが……」

エイメイは天を仰いだ。その仕草の意味はよくわかる。

——だめだ、こいつ。

目の前で自分に向けてやられると、結構腹が立つ。

ショウレンがお茶を持ってきてくれた。俺が想像したのとはちょっと違った。二口くらいで飲み終わってしまいそうな小さなカップに、色の濃いお茶が入っている。

「どうぞお召し上がりください。その後で、ひとつひとつお話しいたします」

エイメイが無表情に言った。

この部屋には全員分の椅子はない。自分だけ座るのも嫌で、俺は立ったまま小さなカップを手に取った。

ひと口含んだとたん、濃厚な風味が広がった。全体的には渋いのに、ほんのり甘みも感じて、後味はすっきりしている。

少ない量でも一杯でかなりの満足感。日本では飲んだことのない、新感覚のお茶だった。

「美味しい」

素直に口から零れた。

ショウレンが無邪気な笑顔を見せる。

「こちらは都でもごく一部の方しか口にできない、大変貴重なお茶なんですよ」

それを早く言って。

「次からは普通のお茶でいいよ。これは確かにすごく美味しいけど、そんな高級なお茶俺にはもったいない」

エイメイが意外そうに俺を見た。

この人はさっきからずっと何か言いたそうにしているんだよな。

盆にはカップがあとふたつ。

「あんたたちはいいの？　お茶」

「あ、いいえ、こちらは龍神様のおかわり分で、僕たちの分ではありません」

「そうなの？」

　エイメイも頷いた。

「我々が龍神様と同じものをいただくわけにはまいりません」

　そういうの、なんか嫌だ。

「飲めば？　喉が渇いてないっていうなら、別にいいけど」

「しかし、貴重な茶葉です」

「でももう淹れちゃったんだし、飲みなって」

　エイメイはなおも反論すべく口を開いた。でも、思い直したらしい。あんまり断るのも失礼だと思ったか。

「では、ご相伴にあずかります」

「ショウレンもね」

「えっ！　僕はそんな、とてもいただけません！」

「いいから飲んで」

　ショウレンはびくびくしながらカップを口に運んだ。お茶を飲んで、その顔がふにゃんと蕩けた。

「うわあ……。美味しいですねえ」

「淹れたのは君だよ」

「淹れることはできても、とても僕なんかが口にできるものじゃありませんから。お茶は高級品なんです」

喜ぶショウレンとは対照的に、エイメイは黙ってお茶を味わっていた。彼もめったに飲めないお茶なんだろうか。

考えてみれば、誰かとゆっくりお茶を飲むなんて俺も久しぶりかもしれない。

エイメイがカップを置いた。きれいに空になっている。

「龍神様。よろしければこれまでのことをご説明申し上げたいのですが。まず、ここがどこかはご存じでいらっしゃいますか？」

「祠廟でしょ？　さっき言ってたよ」

「いえ、国の名前です。嘉といいます」

それは絶対に俺の知っている国の名前じゃない。

疑問が浮かんだ。

「ちょっと訊いてもいい？　俺たちが喋ってるこの言葉って、何語？　なんで普通に通じ合っちゃってるの？」

エイメイははっきりと眉間に皺を寄せた。「こいつは何を言っているんだ」って顔だ。

「嘉の国で話しているからには、嘉の言葉ですが……」

なんでそれが日本人のはずの俺にわかるんだって訊きたかったんだけど。そんなの、エイメイに答えられるはずもないか。

「話を続けてよろしゅうございますか」

「ああ、うん。続けて続けて」

俺は投げやりに手を振る。

「ここは嘉の都です。我々がいるこちらの建物は龍神様の祠廟であり、都の中心部、宮殿からも程近い場所にあります。私はふた月ほど前まで地方の県令(けんれい)をしておりましたが、都に呼び戻され、太子様にお仕えすることとなりました」

「太子?」

「帝のお世継ぎです」

「県令って?」

「役人です。県の政治を執り行います」

県知事くらいのポジションかな。

「県の役人が太子のお付きかあ。それって出世だよね?」

「もちろんです!」

横からショウレンが割り込んだ。

「でもですね、エイメイ様がいずれ太子様にお仕えすることは前々から決まっていたんですよ。お生まれも名門ですし、太子様とはご学友でいらっしゃいましたし、陛下からもぜひにと乞われてらしたとか。県令として赴任なさったのは実務経験を積むためで……」

すごい早口。あれだ。推しについて語る人だ。

「ショウレン。やめなさい」

「あ……。すみません」

ショウレンは慌てて口を閉じた。

エイメイは何ごともなかったかのように続ける。

「太子様に命じられ、ショウレンを連れて都の周辺を視察しておりましたところ、龍神様のお姿を発見いたしました。追いすがる我々にお気づきになられた龍神様が降りていらしたのです」

「ああ」

やっと繋がった。

俺が見た空を飛ぶ夢。あれが夢じゃないとしたら、俺は空から降りてきて、人間になって……。

待てよ。

その前の記憶、過労でふらふらしながら赤信号を渡ろうとしたあれと照らし合わせると、俺はまさか、死んだ？　それで、生まれ変わって、ここに来たのか？

生前の俺は、死ぬような生活をしていた。毎日深夜まで働いて、なんの楽しみもなくて、死んだって言われればそりゃあそうだろと思う。

じゃあ、本当にもう、仕事はしなくていいんだ。

ほっとした。

「私は龍神様を保護し、都にお連れしました。太子様も陛下も大変お喜びになり、龍神様については私に一任すると仰せになりました。ゆえに私は龍神様の身の回りのお世話から日々の予定、面会する者、外出、祠廟の警備など、すべてにおいて責任を負っております。龍神様を間違いなくお守りするようにとの、陛下のご勅命にございます」

帝が直々に守れって命令するほど、俺って重要な存在なのか。それってちょっと怖い。むずむずする。ついでに腹具合もあんまりよくない。

「腹減った」

まる二日眠っていたってことは、まる二日何も食べていないってことだ。考えると余計に腹が減ってきた。

エイメイは渋い顔。

「まだ話は終わっておりません」

「あんた俺に腹ペコのまま話聞けっての？」

「そうは申しておりませんが」

その不満そうな顔を見れば、「話が先だろ」って言いたいのはわかるんだよ。

「メシが先。腹減った。なんか食わせて」

「仕方がありませんね。ショウレン、龍神様にお食事をご用意しなさい」

「はい、すぐに！」

ショウレンは廊下へ飛び出していった。

「食堂はありますが、本日はこちらに運ばせましょう。どうぞおかけください」

エイメイが椅子を引いた。こういうところは紳士的だ。

十五分もしないで食事が運ばれてきた。給仕係が何人もいて、テーブルに料理が並ぶ。茶碗(ちゃわん)には……雑穀米かな？　米は米だけど、数種類の穀物が混ざっている。白い団子が入ったスープ。ほか、なんの肉かはわからないけれど、焼いた肉に黒いソースがかかったもの。漬けた野菜らしきもの。馴染(なじ)みのない匂(にお)いがする。

ひとり分だ。俺はエイメイを窺った。

「俺だけ？　あんたたちは？」

「我々は後ほどいただきます。お気遣いありがとうございます」

「じゃあ、まあ、ありがたくいただくね」

素朴な味つけだけど、どれも美味しい。俺はあっという間にぺろりと平らげてしまった。

「龍神様。先ほどのお話を続けさせていただいてもよろしゅうございますか」

エイメイだ。ショウレンは食器を下げにいった。

「お腹いっぱいになったし、いいよ」

「ありがとうございます。では、お話しいたします。ここ二年ほど、嘉では干ばつが続いております。降雨量の減少による水不足のため、作物の実りが悪く、備蓄食料でしのいでいる状態なのです」

「え」

干ばつ。その単語は、社会の教科書で見ただけのものだ。現実としては、俺は知らない。でも、ついさっきしっかり食事が出たけど。言われてみれば、野菜は保存食っぽくもあったか？

それにしたってショウレンもエイメイも元気そうだし、食料不足で飢えているとはとても思えない。

「ええと……。それは都じゃなくて、地方の話？」

「地方に比べれば確かに都の被害は軽微です。ですが、問題は国全体に及んでおります。いまのまま雨が降らなければ、いずれ都の食料も底をつくでしょう」

「大変だね」

「ですから、龍神様には雨を降らせていただきたいのです」

「へっ？　俺？」

エイメイはきっぱり頷く。

「『大地が干上がる時、龍神が現れてすべてを潤す』――という伝承が嘉にはございます。事実、百年から三百年ほどの周期で顕現の記録が残っております。嘉では龍神様の存在は救いそのものなのです。どうか雨を降らせてください」

「待ってよ。いまだってまったく雨が降らないってわけでもないでしょ？　天候は自然の摂理なんだよ。雨の日もあれば晴れの日もあるの。たまたま二年雨が少ないってだけで、来年は雨の多い年かもしれない。そういうものなんだよ」

「たとえそうだとしても、我々はただ座して耐えているわけにはまいりません。現にこうして、龍神様が顕現なさったではありませんか」

誰か嘘だと言って。そんなの俺には背負えない。

「しんどいだろうけど、いまは耐えるしかないんだと思うよ。そのために備蓄してたんでしょ？」

「民は既に二年耐えております。今年も作柄は芳しくないでしょう。この先何年も干ばつが続けば、民の苦しみはさらに増します」

「だからそれは仕方ないんだってば。俺にはどうにもできないよ」

「できます。あなたは龍神様です。私は世話役として龍神様がお力を取り戻すよう力を尽くします。どうか我が国をお救いください」

彼はひざまずかんばかりに懇願している。

そんなことを言われても、俺だって困る。自分が龍神かもしれない、ってところまではわかった。角があるんじゃ「違う」なんて言い張れない。でも、雨を降らせる方法なんて想像を大きく超えている。

「我々がお手伝いいたします。ですから、龍神様もお力をお貸しください」

「無理だよ。無理だってば」

しかし、エイメイはまったく退く気配がない。

「明日よりお力を取り戻すための予定を組みます。龍神様には私に従っていただきますので」

「ええー……」

龍神ってすごく重要な存在で、王様みたいに大事にされるのかと思ったら、全然違うんだ。

一日の予定も、外出も、決めるのは全部世話役のエイメイ？

俺に自由はないらしい。

第二章　権力者の訪い

「おはようございます、河伯様！」

朝から元気よく、扉を開ける少年。

ショウレンだ。

俺は箱ベッドの中でもぞもぞと布団をかぶる。

起きたくない。

「河伯様？　どうなさいました？　朝ですよ！」

ショウレンは俺のすぐ傍まで来て声を張り上げている。

朝だからってなんで起こしにくるんだ。俺はもっと寝ていたい。

いま、何時だ。

俺はスマートフォンを探した。が、探している最中で思い出した。

スマートフォンはない。この世界にはまだ存在していない。もしかしたら未来永劫存在しないかもしれない。

まあ、でも、その方がいいのかもね。のんびり生きられそうだし。

「早いよ。まだ寝てていいでしょ？」

「朝餉（あさげ）ができています。今日は皇族の方々ともお会いするんですから、起きていただかなくては困るんです」

聞いてないよ、そんなの。明日にしてよ。

「お身体の具合でも悪いんですか？　でしたらすぐにエイメイ様をお呼びしますけど」

「えっ、待って、起き抜けにそれはやめて」

「それなら起きてください！　お茶もお淹れしますから」

俺は仕方なく身体を起こした。せっかくゆっくり寝られるようになったのに、朝早くから起こされるなんてひどい。

「もう……。眠いのにさあ」

「まる二日眠ってらしたんですよ？　これ以上寝ていてどうするんです」

ショウレンが窓を開ける。太陽の光が眩（まぶ）しい。すごくいい天気だ。

嘉の季節は、夏だ。日本は、ええと……冬だったっけ？

「お顔を拭（ふ）いて、お召し替えください。お手伝いしますから」

着替えを手伝われるのは変な気分だけど、ここでは身分の高い人はそれが普通だそうだ。その上俺は「嘉服」と呼ぶらしいこの服の着方もよくわからない。「昔の中国の服っぽい？」ってエイメイに言ったら、例の「こいつは何を言っているんだ」って顔をされたのでもう言わない。

エイメイは昨日、予定を整えるためとか言って出ていったきり戻ってこなかった。夕方になり、俺は食事をとって、入浴をして、着替えをして、寝た。

意外にも嘉には湯船に浸かるタイプの風呂があった。だけど、手伝いの人が入ってきたのには辟易した。素っ裸の俺はびっくりして叫んでしまったが、これもショウレンに言わせると「身分の高い人には普通のこと」だそうだ。しかし俺は断固拒否。ひとりで入ることに成功した。ただし、上がると身体を拭く係の人がいて、そこでもまた揉めた。最終的には風呂と湯上がりの手伝いはなし、着替えはショウレンだけが立ち会うってことでなんとか合意を得た。

こんなにたくさんの人に囲まれて生活するなんて、この国の貴族はよく耐えられると思う。

エイメイは自宅が別にあるみたいだけど、ショウレンはここに住み込みで働くらしい。

ショウレンは手際よく俺を着付けしていく。きびきび動く手が魔法みたいだ。

「エイメイにもこういうお世話するの？」

訊いてみたら、ショウレンは笑った。

「エイメイ様はお忙しいことが多いですし、ゆっくりお着替えなさるお時間はあまりないですね」

「それもお手伝いしたのは数度だけです。ひとりで入りたいとおっしゃって。河伯様と同じですね」

そういうところで気が合っても、別に嬉しくはない。

「あいつとはずっと前から一緒なの？」

「あいつだなんて。河伯様、エイメイ様はお優しい方ですよ。そんな呼び方やめてください」

「だって、俺には世話役だとか言って命令してくるんだよ？　横暴じゃない？」

「命令なんてしてませんよ」

そうかなあ。「私に従ってもらう」とかなんとかはっきり言ったし、あれを断って無事で済むとは到底思えないんだけど。

ショウレンが小さく笑った。

「僕は十歳からエイメイ様にお仕えしています」

「そんな子どもの頃から？」

「僕の育った村では、子どももみんな働くんですよ」

「ショウレンはいまいくつ？」

「十三になりました」

「風呂は？」

まだ子どもだ。

「十三なんて、そんな歳なのに文句も言わずに働いてて偉いね」

「文句を言ったってよくなるわけでもありませんし、僕は恵まれています。エイメイ様がよくしてくださいますから」

昨日のめちゃくちゃ早口で褒めていた様子から見ても、ショウレンはエイメイをすごく尊敬しているようだ。どこか羨ましい。そのくらい大事に思える相手がいるとか。

「俺はちょっと、エイメイは苦手かな。悪い人ではないんだろうけど。あっちも俺をばかだと思ってそうだし」

「そんなことありませんよ。エイメイ様は河伯様をばかにしたりなんて絶対になさいません」

「そう？　昨日何回か『こいつばかだな』って顔してたよ」

「気のせいですって」

俺は肩を落とした。

「今日からはエイメイが決めた予定で動くんだよね。ものすごく詰まってそうな気がするのは俺だけ？」

ショウレンが苦笑する。

「それは……、否定できないかもしれません」

「だろ？　俺はゆっくり過ごしたいのにさあ。せっかく社畜生活から逃れられたと思ったのに、ここでもこき使われるんじゃわりに合わないよ」

「そんなことありませんってば。次は御髪を整えますね。こちらにお座りください」

鏡台だ。俺を座らせて、ショウレンは櫛を手に取った。

「龍神様の御髪はとってもきれいですね。もう少し長くないと結えませんけど」

「これでも俺には長いよ」

身支度が済むと、次は朝食だ。ショウレンの案内で食堂に移動する。俺はひとりで動いてはいけないらしい。嘉の習慣で、高貴な人は常にお供を連れるべきなんだって。

自分が高貴な人とは、まったく思わないけれど。

とはいえ、ショウレンはよく働くいい子みたいだから、近くであれこれしてくれるのは助かる。知らない土地でひとりきりだとしんどい。気楽に話せる相手は必要だ。

「なんでこんなことになっちゃったんだろ」

「何がですか？」

「いまの状況全部。目が覚めたらぜんぜん知らない国にいて、外見も違うし名前も思い出せないなんて、そんなことある？」

ショウレンはしたり顔で頷いた。

「河伯様は別の国で生きてらしたんですよね。伝承の通りです。『我らの土地に危急なき時、龍神は異国の土に降り立つ。その足は傷つき、血を流そうとも』」

「どういう意味？」

「偉い学者様の解釈によれば、嘉が平穏な時代には龍神様は別の国や別の世にお生まれになるそうです。そこで人の世について深く学び、修行をなさるのだとか。そののち嘉に顕現なさったという記録がいくつも残っています」

ショウレンは笑顔を咲かせた。

「河伯様は嘉に戻っていらしたんですよ。お帰りなさい」

確かに、俺の状況を表す説明としてはよくできている。

「それなら、名前が思い出せないのは、もう必要ないから……なのかな」

朝食は雑穀米とスープとおかずが二品出た。昨日のエイメイは国中が大変みたいな言い方をしていたけれど、少なくとも俺の食事はしっかり出る。

「ショウレンはごはん食べた？」

「後でいただきます。エイメイ様がいらしたら時間ができますので」

起き抜けじゃないにしろ、あいつは結局来るらしい。

「育ちざかりなんだから、先に食べていいのに」

「河伯様より先にいただくなんてとんでもない」

嘉の習慣って面倒だなあ。

「ショウレンは仕事もしなきゃいけないんだし、身体が資本だろ。だったら、朝食は仕事より先にとる。これ常識」

「でも、それは……。エイメイ様のお許しがなければ、なんとも」

ショウレンが目を泳がせている。

「エイメイはだめって言うの？」

「いいえ、そういうわけでは。ですが、僕は使用人ですので」

「それとこれとは話が別じゃない？　ろくに食べてない子にお世話されるの俺も嫌だよ。エイメイには後で言っておくね。いつ来るの？」

「お食事が終わる頃にはいらっしゃいます」

三十分後くらいって意味かな。もうちょっとかな。時計がないから、正確な時間は計れない。

食べ終えて、食後のお茶を飲んでいる時に、エイメイが来た。

「おはようございます、龍神様。早速ですが、本日のご予定をお話しいたします」

「早いよ。先にショウレンにごはん食べさせてあげて」

「なぜですか？」

「まだ十三だよ。それで働いてるだけでも偉いのに、朝食も食べないで仕事するのきつすぎ。次からはショウレンにはごはん食べてから仕事させるようにして」

ショウレンが慌ててとりなす。

「僕はいいんですよ。慣れていますから」

「俺が嫌なの。自分よりずーっと年下の子がお腹空かせて動き回ってるの精神衛生上よろしくないの」

エイメイは片方の眉を上げた。

「さようでございましたか。承知いたしました。龍神様がお望みならば、そのようにいたしましょう」

彼はショウレンに頷いてみせる。

ショウレンは「いいのかなあ」って顔をしながらも、エイメイと俺に一礼して出ていった。

俺とエイメイ、ふたりきりになる。

「では、本日のご予定についてご説明いたします。本日は祠廟を多くの方が訪れます。帝をはじめ皇族の方々、諸王、丞相、司徒、司空、大都督、都督、大将軍、大司馬……」

「ちょっ、ちょっと待って。何それ？　帝と皇族はわかるけど、あとは何？」

「諸王は皇族の血を引く方のうち領土をお持ちで王に封ぜられた方々をそう呼びます。丞相は官吏の最高位、帝の右腕ともいうべき役職です。司徒は……」

「つまり、国の偉い人たちと会えってこと？」

「ひらたく言えば、そうなります」

冗談じゃない。

「会ってもどうしていいかわかんないよ。俺はここの礼儀作法も知らないし、敬語だってそんなに上手くない。国の偉い人たちに失礼があったらまずいでしょ。やめてよ」

「たとえ相手が帝であろうとも、龍神様が敬意を払われる側です。礼儀作法がなっていなくとも許されます」

「ええー……。嘘でしょ？　怒られたりしない？」

「しません」

エイメイは冗談を言うタイプじゃないと思う。その彼が言うんだから、本当なんだろう。

「じゃあ、会うけど……。帝にはどういう態度で臨むべき？　上司に対するくらいでいい？」

「ここでは龍神様が最上位です」

「そんなこと言うと、この感じそのままでいくけどいいの？」

「構いません」

不安。

「この後再度お召し替えいただきます。帝にお会いするのですから、装いもふさわしいものをご用意いたしました」

「やっぱり形式があるんじゃないか！」

「龍神様には客人より美しく威厳のあるお姿でいていただかなければなりませんので」

帝より派手にしろって？　嘘でしょ？

「一度お部屋にお下がりください。衣装はショウレンに運ばせます」


そして着替えの段になり。

用意された新しい服は、薄緑の生地に金と銀の糸で刺繍（ししゅう）が施され、光沢のある深い青で縁取りされた豪華なものだった。

「さっき着替えたのに、また着替えるってどういうこと」

文句をつける俺に、ショウレンは笑う。

「仕方がありませんよ。この衣装でお食事をなさるのは大変ですから」

確かに。汚さないようにって、ものすごく気が張りそう。

ショウレンとほかふたりの少年が俺を着替えさせた。この服は紐（ひも）も帯も床につかないよう持ちながら着替えなきゃいけないんだそうだ。だから手伝いも分担した方がいい。ショウレンの指示でふたりが動き、着替え自体はスムーズに終わった。

次は化粧だった。白粉（おしろい）を肌に乗せて、紅を引く。なんで化粧までって一応抗議したけど、必要だからで押しきられた。

最後に髪の毛。丁寧に櫛で梳いてから、緑色の石のついた飾りを頭に乗せて留める。

「翡翠です。河伯様の御髪によくお似合いだろうと、エイメイ様がお選びになりました」

この衣装もたぶんそうなんだろう。豪華、かつ清楚。いかにも高貴。

出来上がりを鏡で確認する。化粧のせいで目が大きく、やや吊り上がって見えた。唇も赤く潤っている。いつもより数段美人になったことは間違いない。

「化粧ってすごいな」

「元がいいからですよ」

ショウレンはぬかりなく俺を褒める。

部屋を出る。廊下を行った先でエイメイが待っていた。

彼は俺を見て目を瞠った。けれど、それも一瞬。すぐにいつもどおり冷徹な表情に戻った。

「よくお似合いです」

それは本心？　それともお世辞？

広間に通された。正面に三段ほどの階段がある。その上に立派な椅子が置かれていた。玉座みたいだ。

「龍神様はこちらへ。間もなくみなさまいらっしゃいます」

「緊張する」

「ご心配には及びません。ただお座りになって、時折ひとことふたことお言葉をかけていただければそれでよろしゅうございます。あとは、いらっしゃる方々をよくよくご覧ください」

なんでだろう。顔を覚えろってことかな。

俺は椅子に座り、エイメイは傍に立った。ショウレンはここでは同席しないらしく、扉を開けて固定すると姿を消した。

広間に続く廊下がよく見える。

遠くから誰か歩いてくるのが見えた。祠廟の使用人のようだ。その後ろを見知らぬ男たち、女たちと、たくさんの人がぞろぞろと続いている。

「嘉の帝です」

エイメイが言った。

帝は五十代から六十代と思(おぼ)しき男性だった。隣にいる同じくらいの年頃の女性は后(きさき)だろう。ふたりは俺の前に進んで、揃(そろ)って膝(ひざ)を折った。

「お会いできて嬉しゅうございます、龍神様。どうか我が国に恵みをもたらしたもうことを」

帝が言った。后は傍で頭(こうべ)を垂れている。

俺の立場って、こういう感じなのか。反応に困る。エイメイを見上げると、彼は囁いた。

「お言葉を」

どんな？

「ええと……。苦しゅうない……？」

合っているんだろうか。ドラマとかで聞いたことある台詞だけど。

次に進み出てきたのは、エイメイが仕えているという太子だった。

「顕現をお慶び申し上げます。どうぞ我が国にお恵みを」

太子の后、その子どもたち。太子と后は三十過ぎ、子どもたちは小学生から幼児ってところ。ちっちゃいのにきれいな服を着て、神妙にしていた。

太子の弟に当たる第二、第三皇子、第一皇女、第二皇女が挨拶した。エイメイは誰かが進み出るたびに俺に耳打ちして、それが誰かを教えてくれた。

俺にもわかる。俺に挨拶する順番が、そのまま権力順なんだろう。嘉のトップは帝。その下にいるのが太子で、帝の後継者。それから皇子ふたり、皇女ふたり。その下にどうやらもうひとりいるみたいだ。

俺はたまらず、ついエイメイの服の袖を引っ張ってしまった。

「ねえ、帝って六人も子どもいるの？」

エイメイが盛大に顔をしかめる。

「のちほどご説明いたしますので、いまはおやめください」

「でもさあ」

「とにかく、いまはひとまずご挨拶を」

目の前でひそひそ話すのは感じ悪いか。仕方ない。

最後の皇族が進み出た。

「第四皇子、ギシュク様です」

ギシュクはじっと俺を見つめていた。それはもう、穴が開きそうなくらいに。みんな俺を見ていたけれど、第四皇子の視線はどぎまぎするくらいに熱かった。

「サイ・ギシュクでございます。龍神様、どうぞ私めをお使いください」

うん？

お使いください――って、なんだ？

やっと皇族が終わったと思ったら、次は大臣たちだった。総理大臣みたいな立場なのが丞相で、司徒は文科省や農水省の大臣を合わせた感じ、司空は検察系、そのほかさまざまな役割の政治家たち。いちいち訊くのも面倒になって、途中から俺はただ頷いているだけになった。

最後に将軍たち。指揮する軍隊の規模が大きい順に、大都督、都督、大将軍、左右の大司馬。大将軍は特に歴戦の猛者（もさ）らしく、頬に大きな傷のある顎（あご）ひげの男だった。服の上からでもわかるその筋肉には、不覚にもちょっとときめいてしまった。

それにしても、いったい何人と挨拶しなきゃいけないんだ。

不思議だったのは、大臣たちや将軍たち全員が年頃の娘や息子を連れていたこと。みんなめいっぱい着飾っていて、かつ、美男美女ばかりだ。

俺が一瞬ときめいた大将軍も息子を連れていた。お父さんの方はギ・ゲンリョウと名乗り、息子の方はギ・シコウと名乗った。

「お会いできて光栄に存じます、龍神様」

シコウは俺に流し目をくれた。大将軍の息子といっても、俺より年上だ。三十歳くらい。父親の方は五十歳前後。

列は長く続いた。すべての人が挨拶を終え、広間を出ていったのは、二時間は経っただろう頃だった。

「終わった？」

「はい。本日のところは」

俺はげんなりする。本日のところは――って、まさか明日もあるんじゃないだろうな。

ショウレンがお茶を持ってきた。

やっとひと息つく。ついでに、気になっていたことをエイメイに訊いてみる。

「帝が子ども多い理由って、やっぱり側室とかいるから？」

「そうです」

「それなら、今日来た太子とか、皇子とか、皇女とかは、何人か母親が違ったり……？」

「嘉ではごく普通のことです」

これも「高貴な人には当然のこと」なのかな。

エイメイは話題を変えた。

「本日の会合はいかがでしたか？　どなたかお気に召した方はいらっしゃいましたか」

「お気に召すって、なんのこと？　挨拶しただけじゃないの？」

「よくご覧くださいと申し上げたはずですが」

「一応は見たけど、まだ顔と名前が一致しないよ。一回会っただけなのに、気に入ったかとか訊かれても」

エイメイは低く唸った。俺の答えが不満のようだ。

「わかりました。では、また日を改めましょう。今度はもう少し絞ってみましょう」

「何を？　会う相手？」

「そうです。もしご希望がなければ、私の方でお選びします」

「だから、それなんの話なの？　絞るとか選ぶとか何？　なんで今後も会わなきゃいけないの？」

深いため息が聞こえた。

「龍神様はお力を取り戻す方法も覚えていらっしゃらないのですね」

言われてみれば、昨日のエイメイの言葉。

──明日よりお力を取り戻すための予定を組みます。

肌がちりちりする。嫌な予感、再び。

「伝承によれば、龍神様のお力の源は交合の気です。すなわち、人との交わり、夜伽によって、お力を取り戻すのです」

それを聞いた俺の口は、大きく開いていたに違いない。

夜伽……夜伽って、あんまり聞かない単語だけど、この文脈で言われたらさすがにわかるよ。

背中がぞわぞわする。

「それって、力を取り戻すためには誰かといやらしいことしなきゃいけない、って言ってる？」

言い回しが気に食わなかったらしい。エイメイの目が据わった。でも、ちゃんと答えた。

「そうです」

「やだよ！　ヤりたくもないのにヤれないよ！」

「なぜです？　お相手は龍神様のご希望に添うようご用意いたします。本日お会いした方々がお気に召さぬのならば、ほかの候補を探します」

「そうじゃないよ」

彼はわかっていない。これはデリケートな問題だ。いくら希望に添うようにって言ったって、自分の性的な話をオープンにするのは嫌だ。

「その相手だってどうなんだよ。もし選ばれたら納得するの？」

「納得します。当然です」

なんでだ。まるでわからない。

「俺のこと好きじゃなくても、納得するの？」

「むしろ誰もがあなたに選ばれることを望むでしょう」

そんなわけあるか。

でも、ちらっと思い出した。第四皇子ギシュクの言葉を。

――どうぞ私めをお使いください。

今日祠廟に来たみんながそう望んでいるっていうんだろうか。だけど、どう考えたってエイメイは嫌がりそうじゃない？　それで「誰もが」なんてどの口が言うんだ。

「とにかく無理。俺は嫌」

「龍神様。お忘れかと存じますが、これは国のためです。龍神様に雨を降らせていただかなければ、嘉の民は遠からず飢えに苦しむこととなるでしょう。我々は危機に瀕（ひん）しているのです」

「だからって、俺に誰かと寝ろってのは変だよ」

「変ではありません。あなたは龍神です。龍神は人との交わりから力を得ると伝承に……」

「ああ、もう！　伝承伝承って、そればっか！　俺は嫌だって言ってんの！」

「河伯様。落ち着いてください」

ショウレンがはらはらしている。でも、いまはこの子に構っている余裕はない。

「可能な限りお望みの者をご用意いたします。断る者などおりません」

エイメイは引き下がるつもりはないらしい。こっちだってそう。

「俺の望みは『放っといてくれ』だよ。今日はこれ以上あんたと話したくない。もう部屋に戻るから、絶対追いかけてこないで」

「龍神様」

ふん。

俺は肩を怒らせて廊下に出た。祠廟の使用人はそんな俺を見て道を空ける。それがいまは逆に腹立たしい。

雨を降らせるために誰かと寝ろって？　そんなの、政略結婚よりもっとひどい。生贄同然じゃないか。最悪なのは、ここでは俺は生贄を捧げられる側だってこと。

エイメイの奴、なんでもないことみたいに言いやがって。

俺は部屋に戻った。一応、いまのところ、エイメイは追いかけてはこない。絶対に入ってこられないように、バリケードでも築いてやろうか。

だけど、この服はひとりでは脱げないんだった。

「あのう、河伯様。お召し替えを……」

ショウレンだった。俺が怒っていると思って、びくびくしている。

「エイメイは？」

「太子様のもとへいらしたものかと」

それならいい。俺はショウレンを部屋に入れる。

「お召し替えをして、お化粧を落としましょう。きっとお疲れなんですよ。ゆっくりくつろげばご気分もよくなります。そうだ、湯浴みはいかがですか？」

この子は一所懸命俺の機嫌を取ろうとしている。

怒っているのもおとなげない気がしてきた。ともかく、ショウレンのせいじゃない。

「うん。お願い」

「すぐご用意いたしますね」

ショウレンが衣装を脱がせてくれている間に風呂の準備が整った。俺は下着姿で廊下に出る。

下着——といっても、パンツとかじゃない。肌着を一枚羽織って紐帯を締めただけの恰好、って意味だ。嘉ではそれが下着。ちなみにパンツは……ない。

風呂に入って、寝間着を着て、ベッドに横になる。

「疲れた」

「少しお眠りになってはいかがでしょう？　誰も近寄らせないようにいたしますので。窓も閉めておきますね」

「そうして。メシの時間まで起こさないで」

「かしこまりました」

もう考えるのも嫌だった。俺は瞼(まぶた)を閉じて、深く深く息を吐いた。

第三章　都の花々

あれからエイメイは、毎朝祠廟にやってくる。

四日ほどは、挨拶を済ませただけですぐにまたどこかへ出かけていって、そのまま戻ってこなかった。

ふん。ここから外にも出してもらえない俺とは違って、エイメイはいくらでも出ていけるんだよな。どこへでも行けるし、なんでもできる。気ままな街歩きだってできちゃう。

俺があまりに退屈で、出かけたいって騒いでも、

「エイメイ様のお許しがないと」

なんてショウレンに言われて、扉を閉められる。

こんなの不公平だ。あいつ、俺を逃がさないようにって閉じ込めているんだ。いっそのこと窓から抜け出してやろうか。

なんて、思っても。

どこへ行ったらいいのかあてもないし、嘉で通用する金も持っていない。ここがどんな国なのかもよく知らない。

ちょっと外に出たいだけなのにな。同じ景色ばっかりじゃ飽きる。違うものを見て、違うことがしたい。たったそれだけのことが、なぜか叶わない。

そんなわけで、エイメイが来ると俺は機嫌が悪い。あっちもそれがわかっていて、態度は冷淡。

五日めの朝、彼はとうとう言ったんだ。

「本日は客人がまいります」

俺はぴんときた。

「その中から誰か選べってこと？」

エイメイもごまかさなかった。

「はい」

こいつ、やっぱり諦めていなかったんだな。俺は嫌だって言ったのに。

「会わないって言ったらどうすんの？」

「ご無礼を承知の上で、この部屋にお通しします」

「は？　寝室まで押しかけてくる気？」

「そうです。いずれにせよ選んだお相手はこちらにお通しすることになりますので、さほど変わりません」

「いや、変わるよ。全然違う。ほとんど見ず知らずみたいな相手を寝室に入れろっての？」

「それがお嫌ならば、広間で客人とお会いください」

なんなんだ、こいつ。

「どうしても会わなきゃいけないのかよ」

「はい」

ぶれない。

ああ、言いたくない。言いたくないけれど、言ってしまう。

「女の子とか呼ばれたって困る」

エイメイがすっと目を細めた。

「それはどういう意味です？」

「だから……」

俺は迷いつつも、やっぱり言う。

「……女の子とは、そういうこと、できないから。嫌いじゃないけど、苦手で」

「つまり？」

俺はぷいと顔を背ける。

「男としかできないの！」

「伝承には龍神様のお相手として同性に限るとはされておりませんが」

「俺はそうなの！」

エイメイは呆れたように目を閉じた。

「ならば最初にそうおっしゃっていただければ、ご希望に添うようご用意いたしましたものを」

いや、あんただって、訊かなかったじゃないか。

帝と会った日、候補者として連れてこられた中には男も女もいた。エイメイの反応から見ても、ここでは同性愛も別に普通みたいだ。

日本では割合そうもいかなくて、俺も親しい人にだけ打ち明けていた。だからエイメイにも言いたくなかった。彼とそこまで親しいわけじゃないから。

「仕方がありません。では、改めて予定を組みましょう」

もう、こいつ、嫌い。

ああ、日本に帰りた――くはないけれど、せめてこの、「雨を降らせるために相手を選んで交わりなさい」って状況はなんとかならないかな。エイメイの言葉が本当なら、俺が誰かと寝るのを国中が待っているってことになる。そんなの恥ずかしすぎる。

奴は出ていった。俺はほっと息をつく。

「お茶をお淹れしましょうか。それとも、御髪を梳きましょうか」

ショウレンが櫛を手にしている。

俺の癒しはこの子だけだな。そう思って鏡台に座った俺に、頭の上から声が降ってくる。

「河伯様は男性がお好きなんですね」

なんでそれを話題に出すんだ。

「ああ、そう。そうだよ。さっき言ったでしょ。男しか好きになったことないよ」

「そうなんですね。ふふふ」

ショウレンは満面の笑みだ。ちょっと怖い。

「……なんなの？」

「いいえ。河伯様が男性をお好きなら、僕でもお手伝いはできるかもしれないなって思っただけです」

「え？」

なんだ、この子。いきなり変なことを言いだした。

「ねっ、河伯様。お相手は僕でもいいですよね」

「ちょっ……、だめ！　だめだよ！　ショウレンは十三でしょ？　そんな歳の子とそんなことするの犯罪だから！」

「河伯様を咎める方なんていませんよ？」

そうかもしれないけど、そうじゃない。

「あのね、ショウレン。大人は子どもとそういうことしちゃいけないの。もちろん子ども同士でもだめだけど。ショウレンは普通のお手伝いだけしてくれればいいから」

「でも、僕、河伯様が好きなんですよ。お役に立ちたいんです」

かわいい顔をして、ごく当たり前みたいに言うな。何を言っているかわかっているのか。

前言撤回。この子、危ない。

「お前の推しはエイメイだろ？」

「もちろんエイメイ様のことは心から敬愛しています。それはそれとして、河伯様も大好きですよ」

「わかった、わかったから、やめて。ショウレンとそういうことになるのは絶対ないから。そんなこと考えないで」

この子にまでそういう目で見られているのかと思うと、めちゃくちゃ萎（な）える。

ショウレンはふふっと笑った。

「冗談ですよ。そんなに思いつめないでください」

「冗談に聞こえないよ」

たとえ冗談だとしても、心臓とか精神とかに悪い冗談だ。

「悪いけど、ひとりにしてくれる？　疲れたよ」

「でも、お茶は？　お菓子もお持ちしますよ」

「いいよ。そんな気分じゃない」

ショウレンは悲しそうに眉を寄せる。その顔はずるい。こっちが悪いことをしているみたいな気分になってくる。

俺は目をそらした。ショウレンに背中を向けて、箱ベッドに逃げ込んだ。

「しばらく寝るから、起こさないで」

「かしこまりました。エイメイ様にもそのようにお伝えいたします」

エイメイはいいってば。

足音が遠ざかって、扉が開いて、閉まった。

静かな広い部屋に、俺ひとりきり。

本格的に、なんとかして逃げ出す方法を考えた方がいいのかもしれない。

二日後。

エイメイが言った。

「本日のご予定ですが」

「当てようか。客人が来るっていうんだろ」

俺の読み通り、エイメイは首を縦に振った。

「はい。この後お召し替えをして広間においでください」

「嫌だって言っても？」

エイメイは俺を黙殺した。なんて奴だ。

俺は部屋で着替える。

今日の衣装は、胴体部分は深い藍色(あいいろ)、袖と裾(すそ)は淡い青。袖部分は透き通ったやわらかい布地でできていた。レースのカーテンみたいな……とか言ったら表現が残念すぎるかな。

腕を振ると空気を含んでふんわりふくらむ。涼しい。

「これ、いいね」

「エイメイ様がお選びになりました。過ごしやすいでしょう？　それに……。河伯様、こうして腕を上げてみてください」

「こう？」

俺は言われた通りに右腕を上げる。

「そうすると二の腕が透けて、見えそうで見えないんです。そこにえもいわれぬ色気がある――なんて言われますね」

楽しそうなショウレン、悪寒がする俺。

「エイメイはそんな、見えそうで見えないチラリズムがとか考えて俺の服選んでんの？　変態じゃない？」

「ちら……？　なんですか、それ」

少年らしい笑いが弾(はじ)けた。

「エイメイ様はそんなことお考えになりませんよ。ただ、純粋に、河伯様にお似合いだろうっていうことと、今日は格別暑いので、少しでも涼しく過ごせるようお選びになっただけです」

「だといいけど」

俺は窓を見上げる。この一週間、一度も雨が降っていない。毎日暑いんだ。ひどく乾いている。

髪飾りも青だった。両側に青い石と金の飾り、青い房のついたカチューシャ的なものだ。いつも服と髪飾りの色を合わせるのも、エイメイの美意識だろう。

その彼は廊下で待ち受けていた。

「本日の客人は……」

と、エイメイが説明を始めるけれど、俺は聞かない。思いっきりさえぎってやった。

「挨拶したら部屋に帰るから」

エイメイの整った顔が引き攣る。

「龍神様」

「会うのはいいよ。でも、選ばない」

「それでは困ります」

「俺だってずっと困ってるの。とにかく、こんな見世物みたいな真似はやめてほしい」

「見世物などと」

廊下の向こうに人影が見えた。言い争っているのを見られるのはまずいんだろう。エイメイは口を噤み、深く嘆息した。

やがて客たちが広間に入ってきた。

帝に会ったあの日に見た顔が多い。皇子たちと、顎ひげの大将軍、その息子。タイプはさまざま。いかにも頭のよさそうな優等生タイプ、筋肉自慢の大将軍、麗しい貴公子、大将軍とはまた違った若い肉体派。

エイメイはすごいよ。本気で俺に誰か選ばせようとあらゆるタイプを取り揃えている。その思惑に乗る気はないけれど。

俺は声を張り上げた。

「おはよう、みなさん。お会いできて嬉しいよ。本日の会合はこれにて終了。みんな帰ってね」

客の男たちは困惑して顔を見合わせる。

エイメイはさすが立ち直りが早かった。

「龍神様。みなさまあなたにお会いするためわざわざ時間を割いていらしたのですよ」

「そう。それはどうも。俺も嫌だって断ったのに誰かさんが全然聞いてくれないから、客人に会うために着替えてきれいな恰好したよ。わざわざね。それで充分だろ」

俺は立ち上がる。無礼だとかなんとか言われてもいい。エイメイだって有無を言わさず俺を広間に引っ張り出したんだから、こっちだって最低限しか従ってやらない。

「今日はもうおしまい。俺に会いたかったら、また別の日に来て」

呆然(ぼうぜん)とする客たちの横をすり抜けて、俺は広間を出る。廊下に控えていたショウレンも青ざめていた。

知るか。

今日こそは絶対、扉の前にバリケードを築いてやる。机と椅子をなんとかして動かそう。腕力に自信はなくとも、俺だってやる時はやるんだ。

俺は廊下をどんどん進む。

後ろから足音が近づいてくる。

「龍神様！」

エイメイだな。追いかけてきたんだ。

「うるさいな！　俺は嫌だって何度も――」

だけど、振り向いたそこにいたのは、見慣れた彼じゃなかったんだ。

びっくりした顔で、一歩後ずさった、その男。

「あ……。ごめん、てっきりエイメイかと……」

俺は呼吸を整える。

この人は、さっき広間で見た。確か――。

「第四皇子、だったよね」

相手も落ち着いたようだ。

「はい。嘉の第四皇子、サイ・ギシュクと申します」

そうだった。ギシュクだ。熱く見つめてきたから、覚えている。

皇子は俺の前で膝をついた。

「帰れと仰せなのは承知しております。ですが、私はどうしても龍神様とお話ししたかったのです。不埒な真似をお許しください」

「え……。ええと……」

視線を上げたら、向こうにエイメイがいた。表情はあまりよく見えない。ご機嫌じゃないことは確か。

どうしよう。

「とりあえず、その姿勢はやめてくれない？　帝もだけど、皇子をひざまずかせるって気が引ける」

「龍神様にならば、喜んで膝を折ります」

ギシュクは膝をついたままお辞儀する。

「やめて。立って。話すなら普通に話したい」

皇子はやっと膝を伸ばした。そうすると、俺が見上げるかたちになる。部屋には入れたくない。いまさら広間に戻るのも変だ。となると、どこで話せばいいんだろう。皇子と廊下で立ち話……いや、でも……。

「そうだ。庭を歩きながら話すっていうのはどう？」

エイメイを見ると、俺に頷いていた。あれは「いいですよ」の意だと思う。ギシュクと話すのに、本人じゃなくてエイメイの許しを得なきゃいけないのが、俺の不自由。

ギシュクはやわらかい微笑みを浮かべた。

「光栄です」

広間から俺の部屋へ行く途中で中庭に出られる。切り揃えられた生垣と、地面は石が敷き詰められている。

太陽の光が眩しい。

「いい天気」

俺が呟くと、ギシュクが顔を上げた。

「もう何日もこうです」

「そうだね。まあ、俺はいつも部屋の中にいるから、あんまり関係ないんだけど。たまにこうして散歩するのはいいよね」

ギシュクは小さく笑った。

「龍神様は気さくな方なのですね」

「そう？　皇子にこんな口の利き方して大丈夫？」

「ええ。どうぞ私をあなたのしもべとお思いください」

皇子なのに腰が低すぎる。そういえば、衣装もだいぶ地味だ。質はいいものなんだろうけど、ほかの人に比べたら目立たないって言ってもいいくらい。

「あなたにお会いできて本当に嬉しいです。顕現を待ち望んでおりましたが、このようにお美しいお方だとは思いもよらず……」

ギシュクの視線が熱い。

「どうぞ私をお使いください。身命を賭してお仕えいたします」

ああ。

あの日にも聞いた言葉だ。皇子はどうやら、心からそう望んでいるみたいだ。

俺に選ばれて、夜伽することを。

「使ってなんて言い方やめて。道具じゃないんだから」

「道具だとお思いになって構いませんよ」

「嫌だってば。あんまり過激なこと言わないで。俺とあなたはまだ知り合ったばかりだし、いきなりそういう話になるのおかしくない？」

「ですが、あなたは龍神様です。龍神様は人をお使いになるものでは？」

お前もか。

「あのね。そりゃあ、本当に好きな人としかしちゃいけないとか、そんな初心(うぶ)なことを言うつもりはないよ？　それでも、道具みたいに使うなんて、そういう考え方俺は好きじゃない」

「そうなのですか……。私はてっきり……」

皇子は破顔した。

「あなたは誠実な方なのですね。ますますあなたにお仕えしたくなりました」

「いまの話聞いてそうなるんだ」

呆れる俺。

皇子は再びひざまずいた。

「私のすべてをあなたに捧げます。龍神様、どうか私をお選びください」

困る。

助けを求めて廊下を見たけれど、エイメイはいない。俺が困っている時にはいなくなっちゃうんだな、あの男は。代わりにいるのが、ショウレンと警備の兵士たち。「頑張れ」みたいな顔をしているのがうっとうしい。

「あの……。ごめん。もう休みたい」

「かしこまりました。名残惜しいですが、お暇(いとま)いたします」

口では認めつつ、ギシュクはなかなかその場を立ち去ろうとしない。また俺の顔をじっと見ている。

彼が口を開きかけた、まさにその時。

廊下に別の人影がふたつ見えた。彼らはショウレンと少し話をして、ショウレンが頷くのを合図にこちらを向いた。

逞(たくま)しい体軀(たいく)と、顎ひげ。頰の傷。あれは大将軍だ。隣にいるのはその息子。お父さんがゲンリョウで、息子がシコウ。名前まで完璧(かんぺき)に覚えていたのは、印象的なふたりだったからだ。

父子(おやこ)が歩いてきた。

「抜け駆けですかな？　ギシュク皇子」

ゲンリョウに言われて、ギシュクの顔が曇る。

「つい追いかけてしまっただけだ。抜け駆けをしたつもりはない」

「さようでございますか。お気持ちはわかります。我らも同じです」

ゲンリョウは武人にしては驚くほど優雅にお辞儀してみせた。

「大将軍ギ・ゲンリョウです。こちらは我が嫡男シコウ。以後お見知りおきを」

「知ってる」

将軍は両手を広げた。

「なんと。我らごときを覚えていてくださったとは、ありがたき幸せ。このゲンリョウ感涙にむせびますぞ」

「大げさだよ。そんなことで泣かないで」

ゲンリョウはよく通る声で笑った。シコウも一緒になって笑っている。ギシュクだけがひとり、なんとも苦い顔。

皇子なんだから、ギシュクの方が身分は高いはずだ。それなのに、ゲンリョウの前で居心地悪そうにしている。

ギシュクは俺に頭を下げた。

「私めはこれで失礼いたします。また近いうちに」

「うん。またね」

皇子は静かに去っていった。

その背中に、シコウが呟く。

「ギシュク皇子は控えめに過ぎる。あれでは太子様にはとても勝てまい」

「ギシュクは太子と競争してるの？」

俺の疑問に答えたのはゲンリョウだった。

「太子様が皇位を継ぐことは決まっております。競争にもなりません。シコウは余計なことを言うな」

「後継者争いをしているわけじゃないんだね？」

「ええ。太子様は大変優秀なお方です。陛下も大いにご期待なさっておられる」

横からシコウが割り込む。

「龍神様の世話役をシュウ・エイメイ殿が担っているでしょう。彼が都に戻る際、ギシュク皇子も自分の配下に欲しいとお望みだったそうですよ。エイメイ殿は優秀ですからね。しかし、当初の予定通り太子様が彼を召し抱えました。ギシュク皇子がどうお感じになったかは、察するにあまりあります」

「ご本人のいらっしゃらないところで話すのもよくありません。このくらいにしておきましょう」

年長者らしく、ゲンリョウが余裕げに締めた。

「もっと楽しい話をいたしましょう。龍神様、お茶などはいかがですか？」

シコウが言った。

いかがですかって、ここは一応俺のための祠廟で、そっちが客なんだけど。なんていうか、おおらかな人だ。

「しかし、敷物がなければ庭で楽しむのは難しそうだ。ですので、あなたの部屋ではいかがです？」

すごい。軽い。誘い方が手慣れている。その鮮やかさに感動すらしてしまう。

でも。

「だめ。部屋には入れない」

きっぱり断っても、シコウはまったくこたえた気配はなかった。

「残念です。しかし、次にはお邪魔しますよ」

「だめだってば」

ゲンリョウが息子の肩を叩いた。

「お前は急ぎすぎる。相手は龍神様だぞ」

シコウが肩をすくめて身を引いた。

改めてゲンリョウが俺に向き直り、自分の胸に手を当てる。

「龍神様。我ら父子、龍神様の顕現をお待ち申し上げておりました。ぜひあなたにお仕えしたく存じます」

仕えたい――とは、この場合ギシュクと同じように「自分を使ってくれ」って意味だろう。夜伽の相手として選んでくれってこと。

みんな本当にそればっかり言う。

「俺は誰も選ぶ気はないよ」

これに、父子は同時に反応した。

「まさか」

「お戯れを」

うん。ふたりとも、俺が本気だとはこれっぽっちも思わないんだな。

「龍神様は男性の方がお好みのようだと聞きましたよ？」

そうだけど、そうだとは言いたくない。

その話を広めているのはエイメイだろう。だから話したくなかったんだ。いくらここでは別に珍しくもなくて、相手候補には伝えなきゃいけなかったとしても。

よく知らない相手にまで自分の性指向を知られているなんて、誰だって嫌だろう。

「差し支えなければ、どのような男性がお好みなのかもお聞きしたいですねえ」

シコウだ。ゲンリョウもそれに乗る。

「龍神様は大変おかわいらしいお方ですし、いずれにせよ引く手あまたでしょう。私も久しぶりに心が躍ります」

将軍が傍に来ると、その体格のせいか威圧感がすごい。胸板も厚い、腕も太い、手も大きい。俺を抱き上げることだって軽々とできてしまいそうだ。

俺にとっても父親くらいの歳の男だ。それでも、こういう屈強さは心の奥底にある憧(あこが)れをくすぐる。

「ギシュク皇子の抜け駆けを咎めておいて、長居はできませんな。それでは、龍神様。次も機会をいただけると信じております」

ゲンリョウ父子が去って、ようやく俺も解放される。

ショウレンが寄ってきた。

「いかがでしたか？」

俺はうんざりして問い返す。

「何が？」

「ギシュク皇子と大将軍様、シコウ様ですよ。親しくお言葉を交わしてらしたじゃないですか。お気に召しました？」

「お気に召さない。頼むから放っておいて」

「でも、お召し替えをなさらなくては」

ああ、もう。

「適当に脱いでおいちゃだめ？　自分でやるから」

「だめですよ。せっかくの衣装が皺になってしまいます」

「龍神って面倒。着替えもひとりでできないし、外にも出かけられないし、たいした力もないし」

ショウレンはきょとんとして俺を見る。

「だからこそお相手を選ぶのでしょう？　力を手に入れるためです」

「その方法が問題なんだって言ってるだろ。だいたい、みんな龍神に選ばれたいだけで、俺が好きなわけじゃないよ」

「そんなことありませんよ。河伯様は大変魅力的なお方です。ギシュク皇子も、大将軍様も、シコウ様だってみなさま夢中じゃないですか」

「そう？」

「熱烈に口説かれていらっしゃいました」

「そうかな」

「どなたもご身分もお家柄も間違いのない方々です。この際、お三方からおひとりお選びになっては？」

ショウレンは無邪気に言うけれど。

「嫌だってば。俺はそもそも選ぶ気ないの。自分がしたいと思ってないのにできない」

「でも、それじゃあ嘉の民はどうなります？」

そんなこと、俺に言われても。

話しながら着替えを終えて、ショウレンが俺の化粧を落とした。髪飾りも元通り箱に収まる。

「疲れたよ。違うところに行きたい。外に出たい」

「お散歩などお望みのようですと、エイメイ様にお伝えしておきますね」

そういうことじゃないんだよ。

夜になって、エイメイが戻ってきた。

「いかがでしたか？」

お前もかよ。

「ギシュクとゲンリョウ父子のことなら、別に。ただちょっと話しただけ。気に入ってはいない」

「そうですか。しかし、ともかくも第一歩ではあります」

二歩めがないことを祈る。

「ショウレンに聞きました。散歩をご希望だとか」

「外に出たいって言っただけだよ。部屋に閉じこもりっきりだしさあ」

「明るい昼間のうちのみ、ショウレンを伴って——という条件つきですが、庭までは許可しましょう」

俺は驚いた。エイメイのことだから、頭ごなしに却下されると思ったんだ。

「本当？　いいの？」

「はい。私も反省いたしました。あなたを部屋に閉じ込めすぎた。鬱屈(うっくつ)してしまうのも無理はないかもしれません」

「そうだよ！　部屋の中退屈！　なんにもやることない！」

「庭でお食事やお茶を召し上がる準備もしておきましょう。龍神様が少しでも心穏やかに過ごせますよう」

「ありがとう！」

俺は自然と頬を緩めた。

いや、笑っている場合じゃない。そもそもこういう環境を作った元凶がエイメイだった。でも、まあ、いいか。反省したって本人も言っているんだし。

「私はこれで失礼いたします」

「うん。おやすみ」

「……おやすみなさい」

彼は目を細めて俺を見つめていた。そこにどんな感情が含まれていたのかはわからない。

明日は朝から外でお茶かな――なんて、俺は考え始めていたから。

第四章　否が応でも

ショウレンが両手に包みを抱えてやってきた。

「贈りものが届きました」

寝そべっていた俺は、のっそり起き上がる。

エイメイは庭に出ることを許可してくれた。なので、俺はいま庭にいる。ショウレンが敷物を敷いてくれたんだ。すごく精巧な織りのもので、もったいないとは思いつつも誘惑に勝てない俺はごろんと転がっていた。

ギシュク皇子やゲンリョウ父子との邂逅から、二週間ほど。今日は気温がほどよく涼しくて、外は気持ちがよかった。空は相変わらずの晴れ。白い雲がまばらに見えるだけ。

「ギシュク皇子からです」

ショウレンが広げてみせたそれは、陽の光を受けてつやつやと輝く白い布地だった。

「絹かな。きれいだね」

「いまの季節ですと、薄目に仕立てて私的な装いにするのがよろしいでしょうね」

「私的な装い？」

顔をしかめた俺に、ショウレンは意味ありげな目つきで言う。

「夜着に近い、ごくごく親しい間柄の人にしか見せない服ですよ。たぶん、ギシュク皇子もその意味合いで贈られたものかと」

この国の人は、贈りものに「意図」をこめるらしい。

たとえば、髪飾りを贈られたら「あなたの髪を愛でたい」。甘いお菓子を贈られたら「一緒に甘い時を過ごしましょう」。ちなみにどっちも既に贈られている。髪飾りはゲンリョウから、お菓子はシコウから。

そのほか、衣装やアクセサリーなんかがほかの候補者からも届いている。ほとんどが男性から。ほんの時たま、女性から。

俺が会いたくないって言っているせいか、候補者たちは贈りもの作戦に出ている。

――贈りもので懐柔すれば、龍神様もほだされて会おうという気になるだろう。

そんなところかな。でも、甘い。

「片づけておいて」

「またですか？　とてもよいお品ですよ？」

「いらない」

ショウレンは唇を尖らせて、それでも布を祠廟の使用人に渡した。

「元の通りに包み直して、倉庫に保管してください」

贈りものはいつもこんな感じ。確認だけしたら片づけてもらう。お菓子だけちょっと迷って、腐らせるのは嫌だからみんなで分けてもらった。

ショウレンは不満みたいだ。

「なぜすべて片づけてしまうんですか。せっかくの贈りものですよ？　貴重な品もあるのに」

「選んでない人からもらったって困るんだよ。しかも意図があるってわかってたら、余計にそれ使っちゃいけないだろ。気を持たせるような真似はしたくないの」

俺はまた敷物に寝転がる。

「河伯様。お行儀が悪いですよ」

ショウレンが腰に手を当てる横で、エイメイが来た。彼は俺のだらけた姿勢に鋭く切り込んだ。

「ずいぶんとおくつろぎのようですね」

「くつろいでるよ。気持ちのいい午後だもん」

「日照りが続いております。雨が必要なのです。くつろいでばかりいられても困ります」

俺は内心で首を捻(ひね)る。

エイメイは相当に危機感を抱いているようだけど、ギシュクやゲンリョウ父子はそうでもない。現にこうやって、いろんな贈りものを届けてくれるくらいだ。国が真の危機に瀕していたら、こうまでのんきな贈りもの作戦は採らないと思う。

俺の食事だって毎日きちんと出るし、祠廟の人たちもみんな普通。エイメイだけひとり深刻。これってどういうことだろう。

「雨はいずれ降るよ」

「いつですか？　なるべくなら早く、これ以上作物が枯れる前にお願いしたい」

「だから、それを決めるのは俺じゃないんだってば。天候は自然の摂理！」

「あなたは龍神です。自然を超えたお方だ」

「天候を研究してる人とかいないの？　その人たちに訊いてみなよ。きっとみんな雨はそのうち降るって言うよ。俺が何もしなくたってね」

エイメイは苛立ったように顎を上げた。

「その学者たちがいつ雨が降るかわからぬと言うのです。星の巡りによれば、何年も降らぬのではないかと」

「それは天候の研究じゃなくて、天文学じゃないの？　そうじゃなくて、気象衛星とか天気図とかから天候を予測するんだよ」

言っていて思った。

気象衛星や天気図なんて、嘉にあるわけない。それなら、どうやって天候を予測するっていうんだ。

「とにかく、天候は人がどう思ったって制御できるようなものじゃないの。備えるだけ備えて乗りきるしかないんだよ」

「しかし、あなたは人ではありません。あなたならば、天候を制御することもできるはず。力を手に入れさえすればよいのです」

「あんた、自分が何言ってるかわかってんの？　上手くいくかどうかもわからないことのために、俺に誰かと寝ろって言ってるんだよ？」

「上手くいきます。伝承にはさまざまな例が語られております」

頑固だ。何度説明してもわかってもらえない。

「龍神様。早急にどなたかお選びください。我々にはあなたが必要なのです」

「俺の力がね。神様っていうわりに、エイメイは俺を便利な道具みたいに思ってるよね」

「いえ、決してそのような」

エイメイはちょっと怯(ひる)んだ。自分でも心当たりがあるんだろう。

「俺は龍神かもしれないけど、道具じゃない。よりどりみどりだよっていろんな男並べられたところで、誰ともそういうことしたくない時は無理に選ばない。この話は終わり！　帰って！」

「龍神様。そのような世迷言をおっしゃっている場合ではないのです」

「世迷言ってなんだよ。あんたの言ってることの方がよっぽど狂ってるよ」

なんでエイメイはこんなにわからずやなんだろう。イライラしてきた。

「あんただけじゃない。候補者もみんな変だよ。いきなり現れた俺と寝るなんて本気で言ってるの？」

「龍神様のお相手に選ばれるのは名誉です」

「それって変だよ。すごく変。俺だったら、どんなに龍神がむちゃくちゃ好みで、相手に選ばれたらみんなに褒められるってわかってても、やっぱり二の足を踏むよ。性処理役だもんなとか思っちゃうよ」

「違います」

エイメイもイライラしている。

俺たちは最初からずっとこんな感じ。主張は対立、雰囲気は最悪。

「龍神様は誤解しておられます」

「何が誤解？　あんたが言ってるのは、徹頭徹尾、『誰かとヤれ』ってことでしょ？」

「そうですが、違います。龍神様を貶めるつもりはありません。嘉の国のためです」

「だから、それが間違ってるって言ってんの！」

「河伯様、落ち着いて。落ち着いてください」

ショウレンが身体ごと間に入った。

「どちらもおっしゃることはわかります。ですから、まず落ち着いてください。深呼吸して」

俺は素直に深く息を吐いて、また吸ってを繰り返した。

冷静さを欠いていた。それは間違いない。十三歳の子の前で大人が怒鳴るなんて恥ずかしいことだ。

ショウレンは俺たちふたりを見比べて、人差し指を立てた。

「僕もずっと考えていたんですけど、もしかしたら、河伯様が納得していなければ龍神の力も得られないんじゃないでしょうか。ほら、伝承にもあるでしょう？『深い悦び(よろこび)が龍神の力を呼び覚まし……』」

そんなことまで書かれているのか。伝承えげつない。

「一理あるが、この方が納得するのを待っていては民が飢えてしまう。龍神様、数日内に必ず誰かお選びいただきますよ」

エイメイはぴしゃりと言い捨てて去っていった。

俺もどかどか歩いて部屋に戻った。

「なんなんだよ、あいつ！」

「お召し替えしましょう、河伯様。お庭に出てらしたので、衣装も髪も汚れていますよ」

ショウレンがいつものように俺の機嫌を取る。

俺は脱がせやすいように両手を上げた。こういう、他人の手を借りる着替えにも、すっかり慣れた。客と会うからとか、外から帰ったらとか、着替える機会が多すぎる。龍神は衣装持ち。その衣装を用意したのはエイメイだ――と思うと、またむかついてくる。

「お風呂も沸かしましょうか。お疲れでしょう？」

「俺が疲れてるのは肉体じゃなくて精神の方。エイメイさあ、いくら事情があるとはいえ他人に『誰かひとり選んでヤれ』って迫るのヤバくない？　しかもそればっか言ってんだよ？　変態だよ、変態！」

ショウレンは困っていて、でもちょっと面白がっているみたいな顔だ。

「エイメイ様にそこまでおっしゃるのは河伯様だけですよ。真面目すぎるだとか、無愛想だとかは聞いたことありますけど」

「堅物ではあるよね。融通が利かないっていうか」

「そうかもしれません」

するすると、ショウレンの手で帯が解かれていく。

「エイメイ様はお優しい方ですよ。僕が十歳からお仕えしていることはお話ししましたよね。もともと生まれは貧しくて、今日の食事にも困る有様で……。母と弟がいたんですが、ある日母は僕を外に出して、それきり扉を開けてはくれませんでした」

「え……、それって……」

言葉が出ない。

「よくあることです。弟はまだ小さかったから、母が必要だった。母としては苦渋の決断だったんです」

「ショウレンだって小さかっただろ。まだ十歳って」

「はい。お腹が空いて我慢できなくて、店先の食べものを盗みました。逃げても捕まって、叩かれて、お役人様の前に連れていかれて。ああもう終わりなんだって思った時に、たまたま都から視察にいらしてたエイメイ様が助けてくださったんです」

「その時はまだ県令じゃなかったんだ」

「はい。都の司徒府にいらっしゃったと聞いています」

要するに、エイメイは中央省庁から県知事、また都に戻って太子直属ってルートだったんだな。しかも子どもの頃は太子の学友だったんだっけ。ショウレンが最初に言った通り、エリートだ。

「エイメイ様は僕に仕事をしなさいとおっしゃいました。施しを受けるようではいけないと。僕だけじゃなくて、僕の母にも仕事をくださいました。だから、僕がいまこうしてあるのはエイメイ様のおかげなんです」

「お母さんはいまどうしてるの？」

「母は地元にいます。離れるのを嫌がったので。元気でいてくれると信じています」

十三歳の少年の顔は、その一瞬だけ年齢よりもずいぶんおとなびた。

エイメイがいろいろ考えて行動しているのはわかる。施しを受けて生きるんじゃなくて、自立しろっていう彼の考えも。

いまの俺って、施しを受けて生きているようなものじゃないか？　だから余計にエイメイは俺に腹が立つのかな？

「ショウレン。龍神の力ってなんなの？」

「龍神は水を司る神だと伝承にはあります」

手を前にかざしてみた。本物の龍神なら、こうやって念じればきっと何かが起こる。たとえば、そう、

――水よ、出ろ！

とか。

「どうなさいました？」

ショウレンが首を傾げている。

俺もばかばかしくなった。水よ出ろ、なんて念じて伸ばした俺の手は、うんともすんとも言わないんだ。

少し気楽な恰好に俺を着替えさせて、ショウレンは含み笑いを漏らした。

「そうだ。伝承といえば、河伯様がよくおっしゃる『天候は自然の摂理』ですが、伝承には自然とは神々の手によるものだと書かれているんですよ」

「うわ。だからエイメイは納得してくれないんだ」

「ほかの国の伝承もだいたい似たようなことが書かれているみたいです。『自然を操るのは神の御業(みわざ)』といったふうに。エイメイ様が教えてくださいました」

ショウレンは感慨深げに吐息する。

「エイメイ様にいろいろ教えていただいた時には、まさかこんなふうに龍神様と親しくお話しできるなんて思ってもみませんでした」

そんなふうに感動されると、俺はなんだか……どうしたらいいかわからない。照れくさいような、申し訳ないような、定まらない気持ちで。

「伝承って、いままでエイメイやショウレンから聞くだけだったけど、自分でも読んでみようかな。本は手に入る?」

「はい、もちろん! エイメイ様からお借りします」

そうして俺が伝承の書を読み始めて、数日後の朝。

エイメイがやってきた。

俺は部屋で彼を迎える。直前まで箱ベッドに転がって本を読んでいた。話し言葉が通じるんだから文字もいけるだろうと思ったら、やっぱりちゃんと読めたのでほっとした。ただ、日本語じゃない。厳密にいえば漢字とも違う、知らない文字。

ここは俺のいた世界とは違う。わかっていたつもりだけど、改めて驚いた。

エイメイは目ざとく枕元の本を見つけた。

「伝承を理解しようという姿勢はご立派です。して、いかがでしょうか」

「いかがでしょうかって、何が」

何日か前にもこんなやり取りした覚えがある。

エイメイも同じ気持ちだったんだろう。いまや苛立ちを隠そうともしなかった。

「お相手をお選びください。いつまで待たせるおつもりですか」

なんでそう頭ごなしに言うんだ。そんな言い方されたら俺だって頭にくる。

「だから、嫌だって言ってるだろ」

「あなたひとりの嫌だという感情で、嘉の民を見捨てるとおっしゃるのですか」

「そんなこと言ってないだろ！　俺にはどうすることもできないって話！」

「何もしていないうちからどうすることもできないと断じてしまうのですか。何も試していないうちから」

「それは……」

確かに、そうだ。試してはいない。

「だけど、試すって言ったってそれ、誰かとヤれってことには変わりないだろ。そんなの俺は嫌だよ。あんただったらできるの？」

「できます」

即答。俺は言葉を失ってしまった。

「できますよ。もしも私が龍神ならば、どんなことをしてでも民を救いたい。それほどにいま、この国は危機に瀕しているのです」

エイメイは静かだった。それだけに、かえって圧倒されるだけの迫力があった。

二の句が継げない俺を無視して、エイメイはショウレンに声をかけた。

「旅の支度をしなさい。私と龍神様の分だけでいい」

「はい……。あの、幾日ほどですか？」

「二日だ。明日の日暮れまでには戻る」

待って。

「旅って、俺も？　どこに？」

「外へ行きたいとおっしゃっていたでしょう。お連れしますよ」

「でも、エイメイと？」

嫌だ——とは、言いづらい雰囲気だった。

「ほかの者にあなたを任せるわけにはまいりませんので。ショウレンは祠廟を頼む」

「かしこまりました」

ショウレンが走っていく。

「私は外でお待ちしております」

エイメイが言った。逃げるなよ——みたいな心の声が、聞こえた気がした。

優秀なショウレンの働きで、あっという間に支度が整う。ひらひらした普段着は脱がされて、もっと丈夫な、簡素なものに着替えさせられた。

「いきなり旅とか、横暴じゃない？」

ぶつぶつ文句を言う俺に。

「エイメイ様には何かお考えがおありなんですよ」

ショウレンはそう言いながら、俺の腰帯に短剣を差した。

「エイメイ様がいらっしゃるので必要ないかとは思いますが、念のためです」

門の前でエイメイが待っていた。使用人に馬を引かせている。一頭だ。

「あんたと一緒に乗るの？」

「おひとりでお乗りになりますか？」

俺は馬になんて乗れない。こいつ、わかっていて言っているに違いない。

エイメイが先に乗った。踏み台とショウレンの手も借りて、俺はやっとのことで馬の背に上る。エイメイの前だ。ぴったり密着してしまって、居心地が悪いことこの上ない。

思っていたより逞しい。それを意識して、妙な気分になる。

彼が馬の腹を蹴(け)ると、馬が勢いよく走りだして、俺は悲鳴を上げてしまいそうになった。

「いってらっしゃいませ！」

ショウレンの声が遠ざかる。

馬は猛スピードで駆けていく。

まったくの初心者を乗せているのに、いきなり走らせるなんてひどい。抗議したかったけれど、舌を嚙みそうで怖くて口を開けない。俺は必死で馬の首にしがみついているしかなかった。

エイメイも無言だ。

馬はよく慣れているようで、速度を保ち、安定して走っていた。しばらく走る頃には俺も慣れて、しがみついたままながらも周りを見るくらいの余裕はできた。といっても、景色は飛ぶように過ぎていくので、何があったともわからなかったんだけど。

そのまま数時間走った。

エイメイは木陰に入って馬を止めた。

「少し休憩しましょう」

俺には水をくれた。エイメイ自身はひと口含んだだけで、馬にも水をあげて、あとはただ座っている。

気まずい。

休憩の後はまた馬を走らせて、太陽が天頂辺りに来た頃軽く食事をとって、また走って……。

道行はそんなふうに続いた。

休憩でも、食事でも、エイメイは必要最低限しか口を利かない。

俺もわかってきた。

彼は本気で怒ると何も言わなくなるタイプ。行動で示す。だから、この後に待ち受けていることは、彼の怒りの集大成みたいなもの。どうしたって構えてしまう。

馬は走り続けた。途中に街や村もあったようだけれど、エイメイはそこでは止まらなかった。

陽も傾きかけた頃、馬の歩みが遅くなった。

辺りを見回せば、ぽつりぽつりと家が点在している。小さな村のようだ。

俺は不意に寒気を覚えた。

なんだろう。どうしてか……、怖い。

エイメイが俺に布でできた大きな帽子のようなものをかぶせた。

「決して外さないように。あなたが龍神様だと気づかれれば大事になります」

中年の男性がこちらに近寄ってきた。

「お役人様でしょうか……？」

「私はシュウ・エイメイと申す者。都より視察にまいった。この村の長に会いたい」

「お待ちください。呼んでまいります」

男はこちらに頭を下げてから、ほかよりひと回り大きな家に向かっていった。その足取りがどこかおぼつかない。

少しして、家から男と老人が出てきた。この老人もよたよた歩いている。ふたりはエイメイの前で膝をついた。

「私が村長でございます。急な視察とは、何か不手際がございましたでしょうか」

「いや、不手際ではない。作況の調査だ。村を見て回っても構わぬか」

「はい、それはもちろん」

エイメイが俺を向く。その表情は硬い。

「まいりましょう」

俺たちは馬を下りて木に繋いだ。彼を先頭に俺が続き、少し離れて村長たちがついてくる。歩く速度は遅い。どうしてこんなにゆっくり歩くんだろうと訝るほど遅い。

「水田ですね」

エイメイが俺に示した先、そこには……。

「え、でも、これ……。枯れてる？」

「ええ。よくご覧ください。水田が干上がっているでしょう。ここは特に干ばつがひどい。二年間ほとんど雨が降らず、灌漑設備も整っていないため、作物が実らないのです」

　こんな光景、見たことない。豊かに水をたたえているはずの水田が、乾いている。緑がない。枯れて倒れた草があるばかり。

　ざわざわと、足下から不安が這い上ってくる。

「蓄えが……、あるんだよね？　だから、大丈夫って……」

　俺は蔵のようなものを探していた。それらしき建物は、確かにある。

　が、エイメイは無情に否定した。

「村人が蓄えにできるのは、税として納めた残りから自分たちの日々の食を引いた分です。それがどれほどあると思いますか？」

　俺は答えられなかった。

　見ると、家の陰に座り込む痩せた子どもがいた。そういえば、さっきから走り回る子どもの姿を見ない。村といえば一番先に目につきそうなものなのに。

　村人たちの足下がおぼつかなかったのは、飢えているから。エイメイがゆっくり歩いていたのは、それを知っていたからだ。

「嘘……、嘘でしょ、こんな……」

「嘘ではありません。既に餓死した子どももいるでしょう。飢えは弱い者から順に生命を奪っていくのです。これが嘉の現実です」

　エイメイが俺の腕を掴んだ。痛かった。

「あなたはこの光景を見て何を感じますか。人々が飢えに苦しみ、明日の生命もわからぬ者もいる時に、あなたはまだ不満を口にするのですか？　私があなたに代われるものならば代わります！　民を救うためならば！」

頭を殴られたみたいだった。どうしようもなく身体がわななないて、冷えて、苦しい。

なんで俺は、いままでちゃんと考えようともしなかったんだ。自分の周りが大丈夫だからって、実はそんなに困ってないんだろうって、思い込んで。

納得できないとかヤりたくもないのにヤれないとか、くだらない理由で嫌がって。

エイメイが怒っていたのは当然だ。彼はこの光景を知っていたから、なんとかしたくてずっと考えていたんだ。龍神のはずの俺が文句ばっかり言うから、何度も失望したに違いない。それでも相当我慢して、すごく我慢して、俺を説得しようとしたんだ。

俺はばかだ。なんにも見えてなかった。

「ごめんなさい……。俺、ひどいことを」

声がか細く震えていた。知らないうちに涙が溢(あふ)れそうになっていた。

ここで俺が泣くのは違う。泣きたいのは村の人たち、俺が少しも考えることなく放っておいた人たちの方だろう。

俺は歯を食いしばった。そうしないと嗚咽(おえつ)が漏れてしまいそうだった。

そんな俺に視線を注いでいたエイメイは、やがて表情を和らげた。

「先に申し上げた通り、都の周辺は比較的被害が少なく済んでおります。その上都には物資も金も集まる。豊かな街に住む者が、地方の苦境を知らぬのも無理はない。ましてあなたは何をおいても守るべきお方です。我々があなたを苦境から遠ざけすぎたのでしょう」

「でも……、大変な事態だって、俺は聞いてた。聞いてたのに、わかってなかった」

「それも不思議ではありません。朝廷にも民の苦しみが見えていない者は大勢います。悲しいことに」

　この村は、これからどうなっていくんだろう。いや、違う。明日、この村はどうなってしまうんだろう。

「なんとかできないの？　都から物資を届けたりとか……」

「むろん、この村にも配給は届いているはずです。しかし、足りない。また、永遠にそれで賄い続けることはできません」

　それに、ひとつの村だけ助けたってだめなんだ。エイメイによれば、国中が干上がりつつあるっていうんだから。

　充分な作物が実るには、雨が必要だ。

「すまないが、ひと晩の宿を借りられないだろうか。もてなしは必要ない。納屋でもよい」

　エイメイが村長に言った。

「納屋など滅相もない。空き家でよろしければ、ご自由にお使いください」

「ありがたい。使わせてもらおう」

もてなしは必要ないって言われても、村長はなんとか食事を用意しようとした。しかしエイメイはそれをきっぱりと断り、礼を言って、借りた家に入った。

「以前は手入れをしておったのですが、ここしばらくは……」

村長が言うように、家具はあるもののうっすら埃が積もっていた。

「とんでもない。急な頼みに応じてくれて感謝している」

「どうか都に村のことをお伝えください。よろしくお頼み申します」

「引き受けた。近いうちに物資が届くよう手配しよう」

「ありがとうございます」

村長はゆっくりゆっくり戻っていった。

エイメイはベッドの埃を払う。

「どうぞ。おかけください」

ベッドはひとつだ。

「……エイメイはどうするの」

「筵があります」

部屋の隅に積んだ、藁の筵。エリートなのにそれで寝るっていうのか。

食事を断ってくれてよかった。とても喉を通りそうにない。

俺は帽子を取った。村の人々にはいまのところ、俺が龍神だとはバレていないみたいだ。エイメイは村人が俺に近づかないよう守ってくれていた。

陽が落ちて、ろうそくの灯り(あか)に影が揺れる。

俺の影の頭には、二本の角。

それを眺めていると、これまでの自分が恥ずかしくて、情けなくて、叫び出しそうになる。また瞼に涙が盛り上がって、雫(しずく)が頬を伝った。

俺は慌てて拳(こぶし)で拭(ぬぐ)う。

そんな俺の上に、影が差した。

「薬が効きすぎましたか」

エイメイが言うのは、俺に現実を思い知らせたことだろう。後悔しているみたいな苦い声音だった。

「あなたは子どものような人だ。わがままで手に負えないかと思えば、屈託なく私やショウレンをお茶に誘う……」

ひざまずいた彼は、手で俺の頬に触れた。そんなふうに触れられるのは初めてだった。

あたたかかった。

「あなたのお気持ちもわかります。望んでいないことを求められるのはお嫌でしょう。許せぬのならば、いくらでも私をお責めください。しかし、いまは嘉の民のために、役目を果たしていただきたいのです」

　わかった。

エイメイはいつだって本気で考えている。俺に対しても、常に真摯な態度で向き合ってきた。

俺は彼の首に腕を回した。エイメイの髪に顔を埋める。いまの彼は、ほのかに汗の香りがする。

「河伯様」

彼が初めて俺の名を呼んだ。ショウレンがつけてくれた、新しい俺の名前だ。

「少しだけこうしていて」

俺は囁いて、目を閉じた。

ためらった末に、エイメイはそっと俺の背を抱き返した。

第五章　ひとり、ふたり

　夜が明けた。

　いつもと環境も変わったし、ショックも受けたから、眠れないんじゃないかと思っていたけれど、疲れていたせいか横になると俺はあっさり眠りに落ちた。そしてなんの夢も見ずに、気がついたら朝だった。

　エイメイは本当に藁の筵で寝たようだ。俺が起きた頃には既に姿がなかった。びっくりして、一応ちゃんと帽子をかぶって空き家から出ると、彼は村を見回っていた。

　明けた空の下で見た村は昨日以上に悲惨な状況だった。本来ならきっと、朝早くから何人もの人が畑や水田に出ているはず。でも、人影はまばらだ。

　エイメイが戻ってきた。

「朝食をとりましょう」

　昨日は夕食を食べていないのだから、腹は減っている。でも、後ろめたい。

「いいのかな……」

「あなたを飢えさせるわけにはいきません。それに、あなたが一食二食抜いたところで、村人は救えません」

その通りだ。ただ、俺がいいことをしたような気になって、ひとりで満足するだけ。いままでだったら、なんて言い方をするんだとエイメイに怒っていたと思う。でも、いまは違う。

「わかった。食べる」

俺とエイメイは空き家に入って朝食を食べた。笹に包んだ、もっちりした携帯食だ。おこわを潰(つぶ)して練って餅(もち)っぽくしたみたいな感じ。腹持ちがいいから旅とか戦とかで重宝するらしい。

「出立します」

今日のエイメイは言葉少なだった。村長にいくばくかの礼金を払って、俺を馬に乗せた。

エイメイが馬の腹を蹴る。が、行きとは違って、しばらく走って速度を緩めた。

俺は振り返る。彼と目が合った。

「問題はありませんか」

問題、なんて。

「山ほどあるよ。あの村も、ほかの場所も、雨が降らなきゃどうしようもないんでしょ。なのにそれができるのは俺だけなんて、大問題」

彼が俺の精神状態を気遣ってくれたんだろうとは、わかっていた。だけど、この大きな問題の前では、そんなのもうどうでもいい。

「早く帰ろう」

俺は言った。その後は、ふたりとも喋らなかった。

都が見えた時にはほっとした。

ここは俺の故郷ではないけれど、しばらく暮らして馴染みになったんだと思う。祠廟は俺の家だ。たとえ俺が建てたり、ここに住みたいと選んだ家ではなくとも。

ショウレンが飛び出してきた。

「お帰りなさいませ！」

夕方だった。

エイメイは俺を下ろし、自分も下りて馬をショウレンに預けた。

「何か変わったことはなかったか」

「いえ、特には」

「私は太子様にご報告の上自宅に戻る。龍神様を頼む」

「はい」

行ってしまうんだ。俺を置いて。

エイメイが自宅に帰るのはいつものことなのに、今日はなんだか寂しい。俺はぼんやり彼の背中を見送った。

「先にお風呂にいたしましょう、河伯様」

ショウレンが促す。

昨日は身体を拭くこともできなかったんだっけ。それどころじゃなくて、少しも頭に浮かばなかった。

風呂の後はショウレンが髪を拭いてくれる。誰かに世話されるのは心地いい。リラックスして、素直になって、いまならなんでも話せそう。

「視察はいかがでしたか？」

なんて、ショウレンが訊くので。

「うん。まあ……、行ってよかったよ」

数秒だけ、躊躇（ちゅうちょ）する。

「ショウレン。エイメイってどんな人？」

「エイメイ様ですか？　お優しくて、誠実で、真っ直（す）ぐなお方ですよ」

うん。わかる。「こうしなければいけない」って自分が思ったら、どんなことをしてでも成し遂げるタイプ。意志が強くて、頑固。その行動の動機は私欲じゃなくて、誰かのためなんだ。

「エリートなのに平気な顔して藁の筵で寝るし、俺のこと神様だとかいうくせにビシバシ叱りつけてきて、変な奴」

俺は口元を緩めた。

「だけど、それがエイメイのいいところ」

「はい。そういう方なんです」

ショウレンは満面の笑みだ。すごく嬉しそう。エイメイが大好きなんだ。どうしてそんなに好きになれるのか、俺にもやっとわかった。

「干ばつの被害がひどい村に行ったんだ。俺に実情を見せたかったみたい。衝撃的だった」

「エイメイ様は河伯様を苦しめたかったのではなく、ただわかってほしかったんです」

「知ってる。でも、すごいね。帝でも太子でも、皇族でもないのに、そんなに真剣に民を救おうと思えるなんて」

「エイメイ様の前任地は貧しい土地でした。なんとかして領民の生活を改善しようと、さまざまな改革に着手されたんです。でも、それが軌道に乗りかけたところで、二年の任期の終わりが来てしまって。エイメイ様はあと一期延ばしてほしいとかけ合ったんですが、太子様のたってのご希望で都に呼び戻されました」

もともとそういう予定だったって聞いていた。太子はずっと、エイメイが戻ってくるのを心待ちにしていたんだろう。学友で、優秀な人材である彼を、手元に置いておきたかった。

「そうか……。身に染みて知ってるから、俺にもきつく言ってたんだ」

「エイメイ様は嘉の現状と、河伯様を見つけて世話役になったことに、強い責任を感じていらっしゃいます。でも河伯様にお相手を決めてほしいとおっしゃっていたのは、それだけが原因じゃないと僕は思いますよ」

ショウレンは明るく言った。

「エイメイ様は河伯様を案じていらっしゃいます。だって、最初の日の慌てようを見たら、ちゃんとお世話してあげなきゃいけない方なんだなって思いますよ。少しでも平穏に、楽しく、幸せに過ごしてほしい。だからこそ伴侶を見つけてほしいんです」

俺ってそんなに危なっかしいのかな。子どもみたいだから？　日本では一応社会人をやっていたんだが？

もう少しで笑いそうになってしまった。

ショウレンが頬をふくらませる。

「僕としましては、エイメイ様はもっとご自身についてお考えになってもいいと思いますけど。そろそろ結婚したらどうかと、太子様にもせっつかれているんです」

俺はどきっとした。

「エイメイは独身なんだっけ。いままでそういう話はなかったの？」

「もちろん、ありましたよ。でも、まだそんな時ではないからってお断りしているうちに、だんだんとおひとりでいる時間が長くなってしまったようです」

エイメイは私生活より仕事を優先してしまいそうな性格だ。断る姿が目に浮かぶ。

でも、なぜだろう。

妙に胸が痛む。それでいて、なんか嬉しいような、複雑な気持ち。

「恋人はいないの？」

「親しい方がいらっしゃった時もあるとは聞きましたが……」

ショウレンも知らないんだ。

毎日きちんきちんと自宅に帰るのは——もしかして、家に誰か待っている人がいるから？　結婚はしていなくても、大事な相手がいたり……。

まさか。

「お疲れでしょう。お食事にしましょう」

ショウレンと一緒に食堂に向かいながらも、俺は気になって仕方がない。

エイメイに、恋人……。

一夜明けた。

昨夜はあまり眠れなかった。変な話だよね。視察にいった村では倒れるように爆睡したくせに、帰ってきたら眠れないなんて。だけど、事実そうだった。

ショウレンが扉を開けた。

「おはようございます。お目覚めでいらっしゃいますか？」

朝一番に何をするかは決めていた。

「エイメイを呼んで」

「かしこまりました。少し早めにいらしていただくよう使いを出します」

今日の着替えは深紅の衣装だった。決意にふさわしい。

食事を終えた頃、エイメイがやってきた。

「お呼びと伺いましたが」

寂しくなるくらい、いつも通り。

「うん。候補者を呼んでほしい。相手を選ぶから」

エイメイの顔つきが明るくなった。

「ありがとうございます。これで嘉の民も救われます」

俺も安心した。でも、一方で、どこか苦しくもあった。ちくちく何かが胸を刺す。

「全員を一度に呼ぶんじゃなくて、ひとりずつ、時間をずらして呼んでほしい。俺も真剣に選びたいから」

「真剣に……とおっしゃるからには、おひとりを長く続くお相手にとお考えなのですね」

わかっていたような口ぶりで、エイメイが言った。

「うん。相手はずっと変えたくない。いろんな人と経験するのも悪くはないけど」

俺にハーレムは難しい。全員の好感度を同じように保つなんてどう考えたって無理だし、かといってお気に入りなんか作ったらほかの人とのギスギスに耐えられなくなりそう。

たぶん、目の前の彼もそういうのは苦手だろう。

心臓が早鐘を打ち始める。

「エイメイは結婚しないの？」

「え……」

彼が返答に詰まった。

「太子にうるさく言われてるんだって？　早く身を固めろとか、そんな感じで」

「それは……、まあ、そうですが……」

「そのつもりないの？」

「ないわけではありませんが、私ひとりでどうにかなるものでもありませんので」

これは、相手がいない時の答え方かな。

「恋人は？」

「いませんが」

ああ、よかった――と思ってしまって、俺は自分でうろたえた。

よかったって、何？

「いたことは、あるんだよね？　それって、男？　女？」

「なぜそのようなことをお訊きになるのです？」

俺も疑問。

「ええと……、ほら、男同士でも正式な結婚ってできるのかなって、思って」

「できますよ。場合によっては。しかし、それはいまはよろしいでしょう」

エイメイはざっくりと切り捨ててしまった。

「数日お待ちください。候補者をこちらにお呼びいたします。順番はお任せいただいてよろしいですか？」

「あ……。うん」

彼が行ってしまった後で、ショウレンと目が合う。

「河伯様」

何か言いたそうなショウレン。最初の頃のエイメイみたい。

「ショウレン。エイメイってさ」

「男性の方でした」

俺は黙ってしまった。

ひとつ頷いて、ショウレンは続ける。

「エイメイ様と親しかった方は、男性だったと聞いています」

その事実が、ぽつんと俺の腹に落ちてくる。

何も言わない俺に、ショウレンは白い歯を見せる。

「僕はただ、エイメイ様を支えてくれる伴侶がいたらいいなと思っているだけです」

「わかるよ。俺もそう」

——なんて、どこか遠くから自分の声が聞こえて。

本当にそうかな？　とか、頭の片隅で俺は思った。


三日後の朝、エイメイが告げた。

「準備が整いました」

「それじゃあ、今日から？」

「はい。ご本人たってのご希望で、ギシュク皇子が初めにいらっしゃいます」

ギシュクか。そんなに俺を気に入ったんだろうか。前の時も俺を追いかけてきたっけ。で、そのほかにも追いかけてきた人たちがいた。

「ゲンリョウ将軍とシコウは？」

「明後日(あさって)を予定しております」

俺は一度部屋に引っ込んで、ショウレンに支度をしてもらう。今日の衣装は紫紺だった。

落ち着いた色合い。化粧も少し。

「今日はおとなしいね。そんなに気合入ってない感じなの？」

「いえ、客人に合わせてと、エイメイ様がおっしゃいまして」

　あいつ。

「これ、ギシュクの好みなの？」

「清楚な方がギシュク皇子には合うだろうと」

「ふうん」

　広間ではなく、庭の席で待つよう言われた。赤い敷物と、その上に設けられたテーブルと椅子。

　俺の席は桃の木を背負った正面に、ギシュクのものだろう席は角を挟んで左側に置かれている。対面じゃない。

「なんで椅子ここなの？」

「貴人の真正面に座るのは失礼に当たるんですよ」

「俺は気にしないけど」

「ギシュク皇子がお気になさいますよ。正面に座らされたら、きっとまともにお話なんてできませんよ」

　ショウレンはくすくす笑いを漏らしている。エイメイはその後ろで呆れたような顔をしていた。

庭にギシュクが通された。俺を見つけて、やわらかく会釈した。

「おはようございます、龍神様。よい日和ですね」

「おはよう、ギシュク。久しぶり……かな」

ふたり分のお茶が出される。ショウレンは少し離れて見守り、エイメイはどこかに行ってしまった。自分がいると邪魔になる——なんて、彼は考えているのかもしれない。

「機会をいただけて本当に嬉しく思います。ずっとあなたにお会いしたかった」

ギシュクは蕩けそうな目つきで俺を見つめている。甘い視線とは、こういうのをいうんだろう。

くすぐったい。

「ギシュクはどうしてたの？　いつも通り？」

「ええ。すべてこともなく。ありがたいことに」

「そうか。それは……、いいね。平和が一番だよね」

「はい」

穏やかな人だ。雰囲気がやわらかくて話しやすい。これなら、打ち解けるのも難しくなさそう。

「あなたのことを訊いてもいい？」

「どうぞ。なんなりと」

「あなたは第四皇子なんだよね。宮殿の暮らしってどんなふうなの？」

「身に余る幸福な暮らしです。みなとてもよくしてくれます」

「帝や太子とは仲いいの？」

　ギシュクの手がぴくりと震えて止まった。

「まさか。畏れ多い。私は皇族の末席に加えられているだけの無能です」

　それはまた、極端な。

「無能ってことはないんじゃない？　俺から見てギシュク皇子は、そうだな……、交渉とか、調整とかに向いていそうな気がするけど。あちこち気配りしそうだし」

　ギシュクは驚いたようだ。

「龍神様にそう言っていただけるとは……。ありがとうございます」

「そう思ってる人はたくさんいると思うよ。自信持って」

「あなたは励ますのもお上手です。私の心を奪うには充分です」

　真正面じゃなくてよかった、のかも。

　そんなに熱っぽく見つめられると、さすがの俺も照れる。

「皇族の末席っていうのも、末っ子ってだけだよね？」

「いいえ、言葉通りの末席です。私の母は平民出身ですし、立場も弱いのです」

「そうなんだ……」

嘉の皇族の制度は複雑だ。生まれ順のほかに、母親の身分も関わってくるらしい。

「私にはいまの身分も過ぎたものです。太子様や兄上たちのお手伝いができればと、そう願うのみです」

ギシュクは謙虚に言う。

この人はエイメイを自分の臣下にしたがっていたって聞いた。だけど、当初の予定通りに、エイメイは太子に仕えることになったたって。

そうやって、いつも太子やほかの皇子たちに譲っているんだろうか。

「それなら、お母さんとはどう?」

皇子の態度が和らいだ。

「母上はよい方です。優しく、慎ましやかで、寛大です。いまでも時折陛下が訪れます。母上と過ごすと穏やかな心地になれると仰せなのだとか」

帝や太子の話をしている時とは、明らかに雰囲気が違う。

「お母さんが好きなんだね」

「はい。敬愛しております」

よかった。帝や太子、兄皇子たちには割りきれない思いを抱いていても、母親とはいい関係なんだ。

　それからまた、少し話を聞いた。

　ギシュク皇子は二十代半ば。エイメイより少し下で、太子の学友である彼を昔から知っているのだそうだ。

　これは確認しておきたかったから訊いたんだけど、独身。いままでに何度か縁談はあった。いろんなタイミングが悪くて整わなかった、ってことみたい。

　ギシュクが帰ってから、俺はショウレンを呼んだ。

「ショウレンはいろんな事情に詳しいよね。ギシュク皇子ってどう思う？」

「よい方だと思いますよ。そうですね、多少、お優しすぎるかもしれませんが。でも、お相手としては大事にしてくださる方かと」

　そうだよね。俺の印象も、まったく同じ。


　間に別の候補者とも会って、二日後。

　ゲンリョウ将軍がやってきた。

　相変わらず肉体美がすごい。服を着ていてもわかるくらいに胸筋が盛り上がっていて、筋肉フェチなら即落ちしてしまいそう。その上に乗っている顔がいかついのもいい。かなり好きなタイプではある。

　とはいえ、俺の中には常識人な一面もあって、息子も候補者になっているところに父親の自分も来るなんてどうなの、とか思ったりもする。親子丼かよ。やだよそんなの。

「龍神様。お招き感謝いたします」

「こちらこそ、来てくれてありがとう。どうぞ、座って」

が、ゲンリョウは胸を開いた。

「それも悪くはないですが、この庭はこんなにも美しいのです。手入れが行き届いておりますな。いかがでしょう？　以前のように、この庭を歩きながら話す……というのは？」

「ああ。いい？」

これはショウレンに訊いた。

「お待ちください。エイメイ様に確認して……」

「エイメイ殿は否とは言わぬでしょう。では、龍神様。まいりましょうか」

強引だなあ。まあ、見た目の印象通りではある。

一応、ショウレンや祠廟の使用人、警備の人たちがいるから、変なことはされないだろう。俺は立ち上がった。

ゲンリョウが手を差し出す。

「お手をどうぞ」

武人らしい、大きな、ごつごつした手。

俺はそっと自分の手を重ねた。

「白く、なめらかで、お美しい手だ」

「将軍の手は逞しいね」

「武骨なもので、手入れなど及びもつきません。ずいぶんと歳も取りました」

そう、まさに、それが気になっているポイント。

「俺はあなたの息子さんより年下だと思うけど、いいの？」

「それがなんの障害になりますかな？　むろん、龍神様が爺はお嫌だとおっしゃるならば諦めます。しかし、もしもお相手に選ばれましたならば、このギ・ゲンリョウ全身でご奉仕させていただきますぞ」

どうも調子が狂う。こんな年上の人からこんなエロティックな視線を向けられるなんて初めてだ。

「そ、そういう話は、また後でね」

「おかわいらしいお方だ」

向こうは余裕たっぷり。中年の貫禄。嫌いじゃない。

「息子がいるってことは、当然結婚してるよね？　もしかして側室とかもいたりする？」

俺の疑問に、ゲンリョウはにやりと笑う。

「それも甲斐性というもの」

悪びれない！　さすが！

その性格は立派だけど、俺が絡むとなると話は違ってくる。

「もしもあなたが俺に選ばれてそういう関係になったら、悲しむ人が何人もいるんじゃない？」

「その程度で悲しんでいては、将軍の妻など務まりません」

あ、そ、そうなんですか。

「俺が嫉妬するって言ったらどうするの？」

ゲンリョウは笑いを含んだ。

「困りましたな。いまさら妻を離縁するわけにはいかない。何十年も尽くしてくれたのです」

「うん。だから、俺はあなたとはそういう関係にならない方がいいんじゃないかな」

将軍は庭の木々に顔を向けた。

「以前より思っておりましたが、この祠廟はあまりに美しく、まるで夢のようだ。世俗の苦しみなどまるで感じさせない。ここは別世界なのです」

ゲンリョウが俺に向き直る。

「この祠廟の内にあっては、私はあなただけの男になります。それではいけないのでしょうか」

俺は反応できなかった。ゲンリョウの双眸が、ぞくりとするほど鋭く輝いていたから。

ゲンリョウはずっと俺の手を握っている。そのてのひらにはいくつか固くなった箇所があって、年齢と、これまでの仕事を思わせた。

俺の手の頼りなさも。

将軍から、嘉の軍事的な状況について聞いた。

嘉は単一民族の国で、周辺の異民族とは戦が続いているんだそうだ。それぞれの民族ひとつずつを相手にするなら、まず負けることはない。ただし、連合されるのは怖いから、異民族同士が手を結ばないよう辺境の人々が対策を練っているらしい。

嘉の軍の敵となるもうひとつは、国内での反乱。こちらは権力争いもあれば、いわゆる一揆的な農民反乱も、盗賊による略奪もあるとか。

「ことに、ここ二年は反乱が増えております。生活苦から賊に身を落とす者も増えたのでしょう。奴らが狙うのは穀物庫や輸送隊です。まったく、いつまでも引退できません」

それを聞いている俺は、エイメイと見たあの村の様子を思い出して胸が痛む。

「ご安心ください。あなたの身はこのゲンリョウがお守りいたします」

ゲンリョウが帰ってから、ショウレンが俺の傍に立つ。

「将軍は最初は一兵卒だったそうです。戦場での働きが目覚ましく、上官の目に留まり、一隊を任されるようになって、それからはどんどん出世していったみたいですよ」

「たたき上げっていうやつだ」

「はい。ご自分で道を切り開いて、大将軍にまでなるなんて、すごいですよね」

ショウレンの言う通りだ。ゲンリョウはすごい。ただ……。

――この祠廟の内にあっては……。

それで、本当にいいのかな？

シコウが来たのは、ゲンリョウと同じ日のうちだった。夕方に近い。

俺と目が合うなり、シコウは片目を瞑ってみせた。

「こんな時分にお招きとは、この後を期待してもよろしいのでしょうね？」

でしょうか、ではなく、でしょうね、ってところが、いかにも軽薄。

「よくないよ。気が早すぎ」

呆れて断ったつもりが、シコウはからりと笑った。

「これは残念。このまま閨に誘っていただけるものと思いましたよ」

「なんでだよ」

「それは、もちろん。黄昏時に会ったふたりがすることといえば決まっています」

「あなた軽いって言われない？」

シコウは笑みを深くした。

「言われます。なんなら数えるのが嫌になるほど言われています」

やっぱり。

「そんな口説き方してて大丈夫なの？　本命に逃げられたりしない？」

「私の本命はあなたなので、特に問題はないと思いますがね」

「この流れで信用すると思う？」

「信用してください。本心ですよ。あなたに選ばれたい。清らかで可憐なあなたと、夢のようなひと時を過ごしたい」

よくこれだけよどみなく言葉が出てくるものだ。

この人、めちゃくちゃモテるだろうな。息するように口説いてくるし、軽いんだけど、そのわりに憎めない。

シコウの髪の毛は巻いた癖毛で、ほとんど天然パーマっていってもいいくらい。嘉の人では珍しいんじゃなかろうか。黙っていればやや傲慢にも見える美青年だけど、笑うと幼くなる。その髪質のせいか、「かわいい」って言いたくなるような顔に変わるんだ。

試しに訊いてみよう。

「俺は愛人とか嫌だなって思う方なんだけど、もしも俺があなたを選んだら、いま付き合ってる人は男も女も全員切ってって言ったらできる？」

「あなたが本当に私を選んでくれるのなら、どんなことでもしますよ」

「どうして？　俺ってそんなに魅力的？」

「ええ。初めて会った日からずっと、なんてかわいらしい人なんだろうと心惹かれています」

いろんな人に同じこと言ったんだろうなって思うのに、なぜか悪い気はしない。

「付き合ってる人はいるってことだよね」

それでも俺がちくりと刺すと。

シコウは不敵に微笑む。その顔には、ゲンリョウの面影があった。

「わかりましたか。切れとおっしゃるなら切りますよ」

「独身?」

「ええ。いまはね」

いまは、ってことは。

「三年ほど前に離縁しました。もともと父親同士が決めた結婚でしてね。それでも円満にやっていたんですが、これまた父親同士が揉めまして」

やれやれ、と、シコウは肩をすくめる。

「強烈な父親を持つと苦労しますよ。元妻のことは私なりに愛していたつもりです。なんといっても息子を生んでくれましたので」

「えっ! 子どももいるんだ!」

「はい。八歳になります。やんちゃで手が焼けますよ。しかし、我が子はかわいい。自分がそんなふうに思うようになるとは、昔は想像もしませんでしたがね」

　そういうシコウの顔は、確かに愛情に満ちた父親のものだった。

　この人、ずるいな。どこからどう見ても遊び人なのに、息子は大事にしているなんて、たまらないギャップだ。

　シコウの子どもなら、この癖毛も遺伝しているのかな。きっとかわいいんだろうな。

「お許しいただけるなら、連れてきますよ。息子も喜びます。きっとあなたを好きになります」

　俺が息子を好きになるんじゃなくて、息子が俺を好きになるの？

　と、まあ、そんな話ばかりじゃなくて、シコウの仕事についても聞いた。父親が大将軍だから、彼も軍事の要職についているらしい。

「親の七光ってやつですね」

　シコウは謙遜（けんそん）するけれど、実際には優秀なんだろう。とにかく頭の回転が速そう。返答に詰まるってことがない。

　彼はショウレンにもきちんと声をかけてから帰っていった。

　後でショウレンが言った。

「シコウ様はあの通りの方ですので、流した浮名は数知れず、です」

　だろうね。

「分け隔てのない方、とも聞いています。ご自身が気に入った相手なら、貴族でも、平民でも、使用人でも、同じように恋人として扱うのだとか。それと、ご子息を大変にかわいがってらして、それはもう目の中に入れても痛くないというほどに溺愛していらっしゃるそうです」

「溺愛は困るなあ。甘やかされてわがままになったらどうするの」

「そこは大丈夫です。教育にも力を入れてらっしゃるようですので」

そういうものか。

「離婚した奥さんとはどうだったの？」

「詳しくは知りませんが……。夫婦仲は悪くなかったようですよ。シコウ様はちょっと困ったところはありますが、悪い人ではありません」

あれが単なる遊び人だとしたら、エイメイが選ぶわけがない。ちゃんと魅力も尊敬できるところもあるから、候補者に入れたんだろう。

「困ったなあ……」

俺はぽつりと、迷いを零している。

数日かけて、俺はすべての候補者と会った。

「一両日中に回答をください」

　エイメイはそっけない。感情を排している感じ。

「惹かれる方はいらっしゃったんですよね？」

　ショウレンが尋ねる。こちらは心配半分、楽しみ半分って感じ。

　選ぶんだったら、第四皇子ギシュクか、大将軍ゲンリョウか、その嫡男シコウか。この三人のうちの誰かにしようと思っている。

　好感が持てたから、っていうのがやっぱり大きい。ほかの候補者は、こう言っては悪いけれど、そこまで印象に残らなかった。

「ショウレンは誰がオススメとかある？」

「そうですねえ。お決めになるのは河伯様ですし、どなたを選んでも問題はないと思いますよ」

　俺は迷っている。ショウレンが「この方にしたらどうですか？」って言ってくれたら、その人を選んでしまいそうなくらいに。

　ため息が出る。

「お悩みのようですね。何をお気になさっていらっしゃるんです？」

「どの人もそれぞれいいところがあって、優しいなとか、尊敬できるなとか、一緒にいたら楽しそうだとか、いろいろ思うんだけど」

　何かが、違う。

「だけど、選ばないとね。あの三人の中で決めるとしたら……」

ゲンリョウは、体格や強靭な筋肉は好みだけれど、どうしても歳の差が気になる。シコウは話していて一番楽しいけれど、あの軽さは恋人よりは友人でいてほしい。その点ギシュクは、自己卑下が目立つところにさえ目を瞑れば、優しいし、穏やかだし、平和に過ごせると思う。

ギシュク皇子、かな。

そうだよね。ギシュクならふたりきりになっても喧嘩したり揉めたりしなさそう。エイメイみたいにきりきり叱りつけてくるなんてこともないだろうし。

エイメイみたいに。

はあ。

なんだろう、この気持ちは。

気が進まない。ギシュクにしようって思った次の瞬間には、なぜか憂鬱になる。

一応は心を決めた。でも、二日後の朝にエイメイが来た時、俺はまだこの憂鬱を引きずっていた。

「お気持ちは定まりましたか」

俺は黙っていた。ギシュクを選んだって言えば済むだけのことが、舌が喉に貼りついたみたいだった。

「龍神様」

エイメイの眉間が険しくなる。

「ごめん。もう一日待って」

あと一日で、何がわかるっていうんだろう。自分でもわからない。

エイメイは何か言いたそうだったけれど、諦めたように踵(きびす)を返した。

第六章　選んで、受け入れる

一日待った、翌朝。

明け方に目が覚めてしまった。たぶん眠る前にずっと考えごとをしていたから、頭がろくに眠れなくて早く目覚めてしまったんだろう。

身体(からだ)は眠い。瞼(まぶた)が閉じる。だけど、思考だけは忙しく動いていて、とりとめもないことを考える。

ギシュク、ゲンリョウ、シコウ。タイプの違う三人の男たち。誰(だれ)かを選ばなきゃいけない。ごく普通のモテない会社員だった俺には、誰かひとりを選ぶのも、世界を救うのも荷が重い。

もしもあの頃の俺をエイメイが見たら、なんて言うだろう。あいつも仕事人間みたいだから、変に親近感を持っちゃったりするかな。それとも、「死ぬ前に休め」って止めるかな。実際あの世界の俺は、過労で死んじゃったっぽいし。

エイメイか。エイメイ……。

俺は寝返りを打った。広い箱ベッドは俺だけの空間。それがなんだか、妙に寒々しい。

部屋の中が、静かすぎて。

外はなんの音もしないんだ。ショウレンも祠廟の使用人たちもみんなまだ眠っている。

エイメイもまだ寝ているかな。

あの夜――ふたりで干ばつにさいなまれるあの村に泊まった夜、エイメイは何を思っていたんだろう。倒れるように眠ってしまったのが、いまさらながら残念だった。

もっと、話したかったな。

でも。

なんか、エイメイのことばっかり考えているような気が。

俺は唐突に気づいた。

ああ、そうか。そうだ。なんだ、そうだったんだ。

わかったんだ。なんであの三人からは選べなかったか。

わかってみるとすごく簡単だった。俺は選べなかったんじゃない。もう既に選んでいたんだ。

――あなたは子どものような人だ。

彼が言った、その言葉の通り。なんて幼稚で、ばかばかしい話。

そうか……。

それからしばらくうとうとして、夢と目覚めの狭間を行ったり来たり、ゆらゆら揺れた。

最初の夢を見た。俺が龍の姿で、空を飛んでいる夢だ。追いかけてくるエイメイとショウレンを見て、彼らの方に向かって、人の姿になって……。

エイメイの腕の中に飛び込んだ。

朝が来て、ショウレンが部屋に入ってくる。

「おはようございます、河伯様」

「おはよう」

早朝目覚めてしまったわりには、頭はすっきりしている。気分はさわやか。

ショウレンが開けた窓からは、昨日と同じく明るい光が射し込んでくる。今朝も雨は降らない。

今日の衣装は、春の草原みたいな色のやわらかい素材のものだった。胴体部分には純白の下地がついている。

「よくお似合いです。河伯様はどんな色でもお似合いですけど、翡翠色や萌黄色は芽吹きを思わせますね」

芽吹き。

新しい季節の始まり。

食事を終えて、エイメイを待つ。どきどきする反面、わくわくしてもいる。

彼が来た。

「おはようございます、龍神様」

普段通りだ。

「お相手はお決めになりましたか？」

「うん。決めたよ」

このひとことに、彼は安堵の色を見せる。

「よろしゅうございました。早速今夜にはお呼びしましょう。して、誰を――」

「エイメイ」

あなたを選んだよって、言ったつもりだった。

彼は訝しげに見返してきた。

「なんです？」

呼びかけられたと思ったのか。

「俺はエイメイがいい」

ショウレンがふたつの目と口をまんまるにして俺を見て、それからエイメイを窺った。

当の彼は、何を言われたのかまだわかっていないようだった。

「……失礼。話が見えないのですが」

自分が選ばれるかもしれないなんて、そんな可能性考えもしなかったんだろうか。だとしたら、迂闊。または、自分をわかっていない。

「俺にいろいろ教えてくれたのはエイメイだし、俺のこと一番考えてくれてたのもエイメイだった。だから選んだんだ。俺はエイメイがいい」

「しかし、それは……」

「エイメイは俺と代われるものなら代わるって言ったよね。それだけみんなを救いたいなら、龍神の相手としてふさわしいと思う」

「確かに、言いましたが」

「俺はエイメイに傍にいてほしい。ほかの誰よりエイメイがいいんだ」

彼は答えあぐねていた。どう思っているのか、俺も不安だ。

「だめかな」

「だめでは……、ありませんが。本気ですか？」

「うん」

俺の隣にギシュクや、ゲンリョウや、シコウがいるところを想像してみた。なんならベッドインする瞬間まで思い描いてみたけれど、どこか違和感が残る。自分の中の別の自分に、「その選択は正しくない」って言われているような。

たぶん、それが「本心」ってやつなんだろう。

エイメイはふっと息をついた。

「わかりました。それが龍神様のご希望ならば」

選択は成立したんだ。

「昼間はほかの仕事があるんだよね。夜に来て」

「はい。太子様へご報告もいたします」

「じゃあ、また後で」

俺はそっと言った。

エイメイは感情を見せずに頷いた。

「はい。後ほど」

俺は彼の背中を見送った。その横で、ショウレンが咳払いする。

「ええと、そうですね。お茶にしましょう。まずはですね、落ち着いて。深呼吸して」

小さく笑いが弾けた。

「俺は落ち着いてるけど、ショウレンはどうしたの」

「もしかしたらって、思っていたんですよ。そうなったらいいなって。ああ、よかった。僕は嬉しいです……」

「ええ？　何が？」

「先ほどのやり取りですよ」

ショウレンは一所懸命真面目な顔を作ろうとしていた。それで、半分以上失敗して、にやにや一歩手前の顔になっていた。

「ともあれ、今夜は忙しくなりそうです。お食事の後で湯浴みをしていただいて、その間にお部屋の準備をして、それに……」

「落ち着いて」

この子がこんなに喜んでくれるなんて。どこか不思議で、嬉しかった。

いつも以上に気合の入ったショウレンによって、俺はすっかり初夜仕様になった。

まず、風呂(ふろ)。身体を洗って上がると、髪と手足に香油を擦り込まれた。マッサージもしてくれて、これは気持ちよかったので満足。続いてまっさらな下ろしたてらしき肌着を着せられて、念入りに髪を梳(す)かれて、爪(つめ)まで磨かれた。

部屋に戻ると、お香の匂(にお)いが漂っていた。ほのかに甘く、すごく上品で格調高い香りだった。ベッドサイドにお茶が冷えていて、至れり尽くせりとはこのことだろう。

「ありがとう、ショウレン」

「エイメイ様がいらっしゃいましたらお部屋にお通ししますので、河伯様はかけてお待ちください」

促されて、俺は箱ベッドに座る。

彼が来るまでの時間が、果てしなく長く感じた。心臓の音がうるさい。そわそわする。

　ついに、その時が来た。

「エイメイ様がいらっしゃいました」

　ショウレンの声が弾んでいる。

　俺は立ち上がって迎えた。

　扉をくぐったエイメイも肌着姿だった。髪型もいつものハーフアップじゃなくて、全部下ろしている。

　びっくりした。

「エイメイ様にも湯浴みをしていただきました」

　俺とエイメイをふたり残して、ショウレンは部屋を出ていく。

　どうしよう。緊張してきた。

　俺はなるべくエイメイの方を見ないようにして、再び箱ベッドに腰を下ろした。

　彼が俺の前に立つ。

「ひとつ訊いてもよろしいですか。本当に私でよろしかったのですか」

「俺はエイメイがいいって言ったんだよ」

「意外です。嫌われているものと思っておりました」

「嫌いだったよ。だって、叱られてばっかりだったもん。こっちはこの世界に来たばっかりで右も左もわからないっていうのに、相手を選べとか言われてさ。困ったし、腹も立った」

「わかります」

あっさり認める。

「エイメイらしいね。嫌われてもいいって思ってたんでしょ」

「はい。言わねばならぬことを言って嫌われるのならば、それも仕方がありません」

「本当に、そういうところ」

俺は笑みを零(こぼ)す。

「嫌われたくないからって、言わなきゃいけないことを言わないで済ます人も多いのに。みんな優しくしてくれる人が好き。耳の痛いことを言う奴は、悪い奴」

適度に持ち上げてくれて、心地いいことしか言わない。相手を否定しない。いいところを探して、いいところだけを言う。

それって人間関係としては最高だけど、それだけじゃだめな時もある。あまりにも心地いいから、そこから出られなくなるんだ。傷つくのも、傷つけるのも怖くなって、結局またよさそうなことだけを言ってしまう、求めてしまう。

「エイメイはそうじゃなかった。勇敢だと思う。だから俺は、エイメイを好きになった」

彼が隣に座った。少しの間何も言わない。

俺が彼を向くと、彼もこちらを向いた。ふたりでじっと見つめ合って、やがて彼が俺の手を握った。

「エイメイ」

呼んだ声を覆い隠すように、彼が唇を重ねた。穏やかに、やわらかく。

断言する。これは間違いなく最高のキス。だって、こんなに優しいキス想像したこともない。触れているだけなのに、そこからあたたかいぬくもりが広がっていく。

「こちらへ」

彼は俺を抱き寄せた。身体が添うと、彼の鼓動を感じる。

ちょっとだけ、速い。

どちらからともなくもう一度唇が重なって、今度はさっきよりも長いキスになる。

エイメイの舌が俺の唇をなぞり、閉じていた隙間を静かに開ける。俺は抵抗しなかった。中に舌が入ってきて、舐められたのを、息を乱しながら受け入れた。

彼は俺の顎に手を添えていた。それが顎から首の後ろへ、支えるように位置を変えて、口づけがより深くなる。

絡み合う。

ちゃんとキスとかするんだ——なんて、俺はほっとしていた。もし彼がこれを選ばれたがゆえの義務だとか考えているなら、ここまではしないよね？　お互いの吐息まで味わうかのような、濃厚なキスは。

エイメイが俺を離した。

なんでやめるんだろう。もっとキスしていたい。

けれど、その理由はすぐにわかった。

彼が俺の帯に手をかけたんだ。

嘉の肌着は薄い着物に紐帯(ひもおび)を巻いただけのもの。この帯を解いてしまえば、下には何もつけていない。

解いた帯を、エイメイは箱ベッドの囲いにかけた。何かをかけるのにちょうどいい棒が内側に渡されているんだ。

ああ、そうか。

龍神のために用意された祠廟のベッド。伝承に従って作られたのなら、ここは愛し合うのが目的の場所だ。脱いだ服をどうするかもちゃんと考えられている。

襟が開かれて、肌着が肩から落ちる。意外と恥ずかしくなかった。逆にエイメイの身体を早く見てみたくて、そっちの方がうずうずした。

俺もエイメイの帯を解いた。脱がせてみると、彼の胸にはしっかり筋肉がついていた。腹筋もきれいに割れている。いつ、どこで、どうやって身体を鍛えているんだろう。

「エイメイって文官じゃないの？」

「どちらとも言えますね。太子様のお傍に仕えるのならば、当然武芸の心得は必要です」

こんな時なのに折り目正しく答えてくれるのがいかにもエイメイで、俺は嬉しかった。

だけど、いまは黙ろう。俺はもう裸だし、彼だってそうだ。

つい、エイメイの下半身を見てしまった。

美しい腹筋と、引き締まった腰と、その下にある彼のもの。

半分くらい起き上がっている……かな。たぶん、大きい方。

エイメイはもう一度俺の顎を指で上向かせた。

包むような口づけ。

腰を抱いた彼の手が、背骨を上に辿っていく。俺はキスしている唇も、背中も気になって仕方がない。指先が触れて、ぞくぞくする。舐め合うキスは淫らで興奮する。

俺の唇を充分に味わってから、彼は首筋にもキスを降らせた。ひとつひとつ、印をつけていくみたいに。

彼が俺をベッドに倒す。肌へのキスはもっと貪欲なものに変わり、喉や鎖骨を舌が這い回った。少しずつ下に進んでいく。

彼の舌が胸の尖りに届いた。薄く色づいた周りを濡らして、その中心を押して転がす。

「ああ……」

思わず声が漏れた。

乳首を舐められると、腰に響くんだ。たまらなくなって、顔を背けてしまう。

彼が胸を強く吸った。

「あぁっ」

腰が跳ねた。

きつく吸われて、緩んだと思ったら執拗にねぶられる。片方は舌に弄ばれて、もう片方は指で弄られていた。挟まれて引っ張られる先端が、疼く。

胸元を愛撫されるだけで、下半身が硬く反り返っていくのが自分でわかる。触ってほしくてどうしようもない。

彼はもう一度俺に唇を合わせた。

こうやって、たくさんキスしてくれるの……、いいな。すごく嬉しい。

俺は彼に自身を押しつけた。そこで触れた、俺より硬くて大きなもの。

エイメイも完全に勃ち上がっていた。その質量は、普段の落ち着いた彼からは想像もつかないくらい。

彼が俺を抱きしめる。胸を合わせて、互いの身体が重なった。

俺の肌を撫でる彼のてのひら。肩、胸、脇腹、腿。その手が内股に入って、脚を開いた。

エイメイは俺の会陰をなぞっている。否応なしに期待が高まる。

キス。触れて、離れて、俺を焦らす。

彼は上体を起こした。

箱ベッドの内側に小さな棚があり、そこに陶器の小瓶が置いてある。エイメイが瓶の蓋（ふた）を取ると、花の香りが立った。甘さとさわやかさが同居した、俺好みの香りだ。

「少し冷たいですが」

エイメイはそう言いながら、小瓶を傾けた。金色の液体が俺の腹に垂れてくる。

小瓶を置いて、エイメイは俺の頬（ほお）に手を添える。こういう、彼の仕草ひとつひとつが、俺を恍惚（こうこつ）に誘う。

彼は俺の膝（ひざ）を割った。大きく股が開かれて、隠しておかなきゃいけないところが全部さらされる。

花の香りが強くなった。俺の臍（へそ）のくぼみに香油が溜（た）まっている。エイメイはそれを指ですくった。

蕾（つぼみ）の周りに、彼の指が滑る。油を塗って、狭い入口をくぐってくる。

最初は指先だけ。彼は慎重だった。中を探りながら、徐々に深く埋（うず）める。

「ん……う」

指が一本、根元まで入る。一度浅くまで抜かれて、また戻ってきて……中の粘膜をゆるやかに揉（も）む。

「あ……」

俺は身をよじった。

そこは初めてみたいに固かった。じゃない、この身体は本当に初めてなんだ。この世界に生まれて、初めて男を受け入れる。

エイメイは後ろを指で探りながら、もう一方の手で俺の陰茎を包んだ。

「ふぅ……ん」

中の指が敏感な個所をかすめる。膝が震えた。前の刺激はいいような悪いような、もどかしくて身もだえてしまう。

頭がぼうっとしてくる。身体の奥がやわらかくなって、溶けそうだ。

ああ、もう。

欲しい。

俺はエイメイの腕を掴んだ。

彼のものに目を走らせる。全然触ったりもしていなかったけれど、しっかり屹立していて、その逞しさは俺をちょっぴり怯ませる。それでも、欲望の方がずっと上回った。

挿れてよ。挿れて。

口に出さずに求めたら、エイメイは俺の腿を押さえた。自身を蕾に添えて、腰を進めてくる。

「は……っ！」

喉が震えて、か細く声が出た。内側に感じる彼は、見ためよりはるかに大きかった。

半ばまで入ったところ。エイメイが動きを止める。

「痛いのですか？」

彼の声も揺れていた。

俺は懸命に首を横に振る。嘘じゃない。痛くはなかったんだ。ただ、圧迫感がすごくて苦しかった。

「龍神様」

気遣わしげな彼に、俺は手を伸ばした。

「エイメイ……」

もう一回、キスしてほしかった。

彼はわななく俺の唇をそっと吸った。何度も、繰り返し。こうやって行動で安心させてくれるの、好きだ。しばらくの間、彼は黙って抱いていてくれる。

「……少し楽になりましたか？」

「うん……」

これも、嘘じゃない。エイメイは優しくて、不慣れな俺の身体を大事にしてくれる。

彼は再び、さっきよりもさらに慎重に、中へ進んできた。そこが限界まで拡げられて、肉の杭が打ち込まれているみたいだ。熱い。

奥まで挿れて、エイメイは深く息を吐きだした。

「大丈夫ですか？」

わからない。繋がっているところは疼いて疼いて仕方がないし、彼が呼吸したり身じろぎしたりするたびに深く入り込んだものを感じて、つい締めてしまう。

彼は俺に口づけした。キスが好きだって見抜かれたんだろうか。

俺の胸に触れる、彼の鼓動が速い。嬉しい。

「い、して」

言ってしまった。

エイメイは目を見開いて、「大丈夫かな」って顔をして、それからようやく、注意深く俺を貫いた。

「んう……っ」

深く深く、彼のものが俺を拓く。やっぱり苦しい。でも、内側をこすられると、言いようのない快感が湧いてくる。

「あぁぁ……、ふぁっ」

声が抑えられない。

反らした胸に、あたたかく湿った舌を感じる。さっきさんざんなぶられたところ。奥の刺激と相まって、俺をいっそう狂わせる。

「んうぅ……っ、エイメイ……」

彼が顔を上げた。俺を見下ろす瞳には、間違いなく情欲の炎が燃えていて。

抱き合っている時に、相手の目を見るのが好き。ぎらぎらしたその欲望が、ほかでもない俺に向けられているっていうのがたまらない。

気持ちいい。

下半身が切なくなる。絶頂が近いんだ。

俺はエイメイにしがみついた。

「あ、あ、エイメイ、俺……もう……っ」

頬に伝った生理的な涙を、エイメイが唇で拭う。彼は速度を上げた。俺は何も考えられず、ただ喘いでいた。

「あっ、あ、ん……っ、んうぅ……！」

彼の背中に爪を立てた。

脚が強張る。爪先が丸まる。目を瞑って、歯を食いしばる。尻が固くなって、中の彼を締めつけて、そこに感覚が集中する。

溢れた。

飛沫が飛んだ。腹が濡れる。

あまりに強烈な波にさらわれて、俺は半ば意識を失った。下半身が弛緩して、すべての感覚が鈍く薄れて。

エイメイが低く呻いたことにも、俺は気づかなかった。

なんか身体がふわふわしている。

終わった後。ぼうっとしてなんにもできない俺とは違い、恍惚の波が去るとエイメイは上体を起こした。ベッドの下に手を伸ばす。そこが引き出しになっているらしい。中には木の盥とぬるくなったお湯、手拭いがふたつ入っていた。

このベッドの仕組みとか俺は全然知らないのに、なんでエイメイは知っているんだ。シヨウレンが教えたのか。で、それをなんで俺には教えてくれないの。

エイメイは濡らした手拭いを俺にもくれた。それから、肌着と帯を手に取った。着るんだ。裸では寝ないタイプ。

彼は俺を助け起こしてくれた。それで、ぐにゃぐにゃしたまま俺も身体を拭いて、肌着を羽織った。

俺、実は裸のままでもいいかなって寝ちゃうタイプなんだけど。

「大丈夫ですか？」

「うん……」

帯が上手く結べない。エイメイが手を伸ばして、さらっと結んでくれた。

「お茶はいかがですか？」

「うん」

飲みたいけれど、腕がだるい。

のろのろしていたら、エイメイが先に口をつけた。俺のお茶……。しかし、彼は飲み下さずに、俺に唇を合わせた。

口の中に、液体が流れ込んでくる。喉がすうっとする。

なんて美味しいお茶だろう。

ほんの少し、端から零れた雫を、彼は指で追った。

「ありがとう」

「いえ」

エイメイは俺の額を撫でた。愛おしそうに。

「本当に大丈夫ですか？」

どうしてそんなに何度も確認するんだろう。

「大丈夫だよ」

彼はそれでも俺の髪に触れていた。名残惜しい……って感じの仕草。

あれ？　ちょっと待って。

名残惜しいって、なんだ？

俺が疑問を抱いた頃、彼は言った。

「では……、私はこれで」

これで？　これでって……、え？

「どこ行くの？」

「自宅に戻ります」

はあ？　よくない。それはよくないよ、エイメイ。というか、なんでそういう発想にな
るんだ。

「ここにいてよ。一緒に寝ようよ」

「しかし、おひとりでおやすみになった方がよろしくはありませんか。あなたのお身体に
はご負担だったようです」

ああ、そういうこと。俺の身体を心配してくれたのか。

そんなに負担でもないよ。と思ったものの、奥まで貫かれた衝撃がまだ残っているのも
確かだった。頭回らないし。

だけど。

「俺は一緒にいてほしいよ」

エイメイはぴくりと指を震わせた。少し思案して、ベッドに戻ってくる。

「これでよろしいですか？」

「うん」

彼は俺の肩を抱く。

「加減が足りなかったようです。申し訳ありません」

「そんなことないよ。優しかった」

――なんて、こういう会話は、ちょっと、照れる。

彼は俺の口にキスをする。

「おやすみなさい」

＊＊＊

夢を見た。最初に見たのと、よく似た夢。

俺は白い龍だ。明け方の空を飛んでいる。たてがみとひげが風になびく。

上には百年前から照り続けているような太陽がある。下を見ると、大地は渇いている。

俺にはいまここに必要なものがわかっていた。長い身体を真っ直(す)ぐ伸ばして空に駆け上がり、上空で円を描いた。

雲が集まってくる。

最初は小さな、両手で抱えられそうなかわいい雲だったのが、どんどん大きくなって空を覆い隠していく。

陽光は雲にさえぎられて、地上までは届かなくなった。

俺は雲の中に飛び込んだ。稲妻が走る。雷鳴が轟く。

地上の人々が家から駆けだしてくる。空を見上げて、指を差す。

最初の水滴が、大地に落ちた。

＊＊＊

目が覚めた。早朝みたいだった。

俺は頭に触れてみた。角がある。なめらかで、磨いた翡翠みたいな手触り。龍神の証。その下には髪の毛があって、顔があって、手足がある。人間と同じ。

隣にはエイメイが寝ている。きれいな横顔。真面目で堅い彼も、寝ている時には無防備。彼のこんな姿を知っているのは俺だけ――とは言わないまでも、まあ、少数だろうなとは思ったりする。

喉が渇いた。エイメイを起こさないよう、俺はいつもの扉側とは反対の窓側を開けた。扉側に彼が寝ていたからね。

箱ベッドの窓側は、普段は閉じている。こっちから下りたのは初めてだった。だから、気づいた。

何かが窓を叩いている。聞き覚えのある音だ。懐かしさすら覚える。

これって。

俺はどきどきしながら窓に向かった。障子戸を開いて、その向こうの板戸も開ける。ひんやりした空気が、部屋に流れ込んできた。窓を叩いていた雨粒も。

俺はベッドに駆け戻った。

「エイメイ！　起きて、エイメイ！　雨が降ってる！」

彼は飛び起きた。危うく俺と頭がぶつかるところだった。

ふたりで窓まで走り、外を見る。大粒の雨だ。

エイメイが驚きに声を漏らす。

「信じられない……」

伝承を信じているから俺と寝たんじゃなかったのか。でも、気持ちはわかる。俺だって信じられない。

「夢を見たんだ。白い龍になって、空を飛ぶ夢。ぐるぐる回ったら雲が集まってきて、それで……、雨が降った」

「あなたが」

え。

俺は今度こそ口を利けなくなった。エイメイが俺を強く抱きしめて、唇を奪ったから。

「ありがとう」

どうしよう。顔が熱い。こんな情熱的な感情表現する人とは思わなかった。

幸いにも戸惑っている時間は短くて済んだ。足音がばたばたと廊下を近づいてくる。

「河伯様！　エイメイ様！　雨です！」

ショウレンが扉を開けて、抱き合っていた俺たちを見て慌てて向こうを向いた。

エイメイはさりげなく俺を離した。

「おはよう、ショウレン」

「お、おはようございます。あの、お召し替えを。エイメイ様は客間へどうぞ」

ショウレンに頷いて、俺には背を向けるエイメイ。

着替えたら自宅に戻るんだろうか。奴ならやりかねない。そう思ったら、抑えきれなかった。

「朝ごはん食べていくよね？」

エイメイが俺を向く。その顔は……、何を考えているんだろう。わからない。

「ショウレンも一緒に食べようよ。食堂の席って増やせるよね？」

「増やせますが……。僕が河伯様やエイメイ様とご一緒するわけにはいきません」

しかし、エイメイが手を挙げてショウレンを制した。

「龍神様がお望みなのだから、お受けしなさい。では、後ほど」

そう言って出ていったエイメイの顔は。

たぶん、嬉しそうだった……と、思う。

第七章　最愛のごとく

雨は弱くなったり強くなったりを繰り返しながら、ほとんど一日中降り続いた。

エイメイは太子への報告に出かけ、俺はショウレンと部屋で過ごすことにした。この子は雨がよほど嬉しいのか、少年らしくはしゃぎながら俺のベッドのシーツを替えて、使用人と一緒に掃除して、新しい香を焚いてと、忙しく動き回っていた。

俺はベッドに再び転がった。せっかく整えてくれたのにごめん。でも、今日はのんびりしていたかったんだ。ショウレンも怒らなかった。

午後になっても、エイメイはまだ戻らない。まあ、予想はしていた。なんなら今日も普通に仕事をして、しれっと自宅に帰るんじゃないか？

「雨でもできる遊び知らない？」

俺が訊いてみると、ショウレンはしたり顔で返す。

「風流人は空を見上げて詩を吟ずるといいますよ」

「無理だよ。俺は風流人じゃないもん」

「よい機会ですし、お習いになってはいかがですか？　エイメイ様は詩がお上手なんですよ」

あいつ、なんでもできるなあ。

「じゃあ、それはエイメイが来たら聞くとして……。ほかにない？」

「ほかには……。そうですねえ、楽器などいかがでしょう？　琴なんて河伯様にお似合いかと思いますが」

ショウレンは人差し指を立てる。

「楽器といえばですね、エイメイ様はお耳も大変よくて、たった一音でも間違えるとすぐわかってしまうんですよ」

「エイメイの話ばっかりするね」

仕方がないか。俺もショウレンも、彼にここにいてほしいって思っているんだから。

しかし、浮かれた空気に水を差すように、祠廟の使用人が入ってきた。

「礼物が届いております」

なんなの。また贈りもの作戦？

「確認してまいりますので、少々お待ちください」

飛ぶように駆けていく小柄な背中を見送って、しばらく。

戻ってきたショウレンの手には、いっぱいの荷物が抱えられていた。冠、着物、反物、髪飾り、剣、杯、酒……。

「お礼の品物です。河伯様が雨を降らせてくださったので、急ぎ用意させたものでしょう。まず、こちらの冠は陛下から。こちらは太子様。それからこちらが……」

「ねえ、みんなこの雨は俺の仕業だって知ってるの？」

「そりゃそうですよ。こんなまとまった雨は二年ぶりなんですから。顕現なさった龍神様が降らせたものだって、みんなすぐにわかります」

俺は冠を手に取った。ずっしり重い、金だ。着物は上等の布に精巧な刺繍（ししゅう）が施されていて、反物も極上の手触り。髪飾りの意匠も凝っている。剣や杯はぴかぴかだし、酒も馥郁（ふくいく）たる香りが鼻をくすぐる。

だけど。

俺の頭には、あの村の光景が浮かんでいた。

「ねえ、ショウレン。たとえばだけど、この冠一個作るお金で、村の人たちはどれだけ食料を買える？　農業に必要な肥料や、道具や、人を雇う費用とかでもいいよ。これひとつで、何人が助かる？」

「河伯様……」

みんなが喜んでくれるのは、俺だって嬉しい。雨が降ってよかったって、心底思う。

でも、帝や太子が一番先にすることが俺へのお礼だなんて、なんかおかしくないか？

それより先に、都や各村々の状況はどうなのかって調べるべきじゃない？

もちろん、そんなの既にやっていて、その上でこれなのかもしれないけれど。

「受け取りたくない」

「河伯様。それはさすがに失礼かと……」

「わかった。それじゃあ、一応は受け取るけど、こんなことする前に国民のこと考えろって伝えておいて」

「ええと……」

ショウレンが困っている。

「エイメイ様にご相談します。僕にはとても判断できませんので」

とにかくすべての贈りものは片づけられた。楽しかった気分もしぼんでしまった。

雨のせいか、今日は少し肌寒い。静かだ。

が、静穏も長くは続かなかった。また祠廟の使用人がやってきたんだ。

「ギシュク皇子がいらっしゃいました」

俺はショウレンと顔を見合わせてしまう。

エイメイを選ぶ前には、俺はギシュクを選ぶのがいいだろうと考えた。それが一番──嫌な言い方をすれば、無難だろうと思って。

いま、こうなってから会うのは、どうも気まずい。

「追い返すわけにはいかないよね？」

「それはあんまりですよ」

「着替えなきゃだめ？　この恰好じゃまずい？」

この時俺が着ていたのは普段着だ。客に会う時の豪華なやつじゃない。

「上着を羽織れば大丈夫です。あちらも急な訪問ですし、万全で迎えられるとはお考えにならないでしょう」

ショウレンは俺に深緑色の、やや堅い印象を受ける上着を着せた。

広間でギシュクが待っていた。彼は俺に深く頭を下げる。

「お恵みに感謝いたします。龍神様のご加護で嘉は救われました」

「それはまだ気が早いんじゃない？　農業って一日二日でどうにかなるものでもないんでしょ。だったら、あとどのくらい雨が必要なのかとか、今年の収穫までに食料はどうなのかとか、考えなきゃいけないことがたくさんある」

「龍神様はお優しい」

いや、優しさの話じゃないと、思うんだけど。

「おっしゃる通りではあります。太子様や丞相により調査が行われるでしょう」

ギシュクはどこか他人事のように言った。

「ところで、龍神様。雨が降った……この状況は、龍神様がお力をお使いになったということでお間違いありませんね」

それは疑問じゃなかった。あえていうなら、確認だ。それも、何か苦いものが含まれている。

「そう、だね。たぶん」

「誰かをお選びになったのですね？　そして、その誰かとは、私ではない」

俺は黙った。黙ったことがそのまま肯定だった。

ここでつらそうな顔をされたら、その方がまだよかったかもしれない。ギシュクはまったくの無表情だった。感情を押し殺しているのが、よくわかる顔だった。

「差し支えなければ、誰をお選びになったのか教えてはいただけませんか」

「え……」

疑問が浮かぶ。

エイメイは太子に報告しているはずなのに、どうして皇子であるギシュクは知らないんだろう。

「知らされてないの？」

「ええ。私は何も知りません。知らせる必要もないと判断されたのでしょう」

第四皇子。しかも、母親の身分が低いからとかで、立場も弱い。帝や太子――父親や兄には、強い劣等感を抱いている。

気の毒でならない。でも。

「龍神様。教えてください」

答えづらい。答えても答えなくても、ギシュクを傷つけるのはわかっていたから。

俺は唇を噛んでから、その名を口にした。

「エイメイ」

ギシュクが目を伏せる。

「なるほど。わかります。彼は選ばれるにふさわしい」

「あの……」

ごめんって謝るのもなんか違うし、何を言えばいいんだろう。

迷う俺に、ギシュクはさらに問う。

「別のお相手を試す気はお持ちではない？」

これは、ちゃんと疑問だった。

力を使うためだけに誰かと寝るなら、相手は別にひとりじゃなくたっていい。でも、俺の答えは決まっていた。

「ないよ。相手はひとりだけ」

「なぜです？」

「そういうの好きじゃないから」

ギシュクの顎が揺れる。

「さようでございますか。では、私があなたに選ばれる可能性はもはや少しもないと」

また、俺は言葉を返せなくなる。

「残念です。私はあなたに選ばれたかった。そうすれば私も認められたでしょうに」

ギシュクは会釈して出ていった。

その日は気分が沈んだまま終わった。エイメイは来なかったし、ショウレンがいろいろ気を回してくれたけれど、それでもともすれば思考がギシュクの言葉に戻る。

――そうすれば私も認められたでしょうに。

あれは、ギシュクの本音だ。

夜は夢を見なかった。朝になって、食事を終えた頃、ようやくエイメイが来た。

「おはようございます。昨日は礼物を断りたいと仰せになったとか」

「まずかった？　一応、まだ返してはいないんだけど」

「ご立派です。このような危急の時には、富は民のために使われるべきでしょう。太子様にも再三申し上げているのですが」

太子にも意見するのか。さすがエイメイ。厳しく注意されて、やっと目が覚めた俺とは大違いだ。

「じゃあ、返していい？」

「ええ。お返ししましょう。その方が龍神様のお気持ちも伝わります」

　この反応ってことは、もしや。

「エイメイさ、もしかして前の贈りもの作戦の時も、本当は嫌だったとか？」

「あの時はまずあなたのご機嫌を窺わねばなりませんでしたので、贈りものもひとつの手でした」

「俺はモノで機嫌がよくなったりしないよ」

「それはよろしゅうございました」

　しれっと言うな。

「エイメイって性格悪い」

「お気に障ったのなら申し訳ありません。たとえ私個人の主義に反していても、使える手は使います」

　有能。

「では、私はこれで」

　去ろうとするエイメイ。

　賭けてもいい。俺がこのまま何も言わなかったら、彼は今夜も自宅に帰る。

　贈りもの作戦は不要だけど、だからといって、こんな他人行儀を続けるなら俺にだって考えがある。

「エイメイ。俺からふたつ提案がある」

俺は彼の前に立った。俺よりずっと背が高くて、服の中は逞しいエイメイ。誰より厳しくて、誰より真剣な人。俺を抱いた時の力強さや優しさは、俺の中に深く刻まれている。

「ひとつめ。仕事が終わったら、自宅じゃなくてここに帰ってきて。客間だってあるし、なんでも持ち込んでいいから、夜は祠廟で、俺の隣で眠って」

「それは……、しかし……、なぜです？」

本当にわからないのか、この男は。

「ふたつめ。俺はエイメイを選んだ。力を使うための道具としてじゃなくて、一緒にいたい相手として選んだんだ。つまり、恋人としてね。だから、俺はエイメイと恋人になりたい」

エイメイが大きく目を見開いた。

ちょっと後ろで、ショウレンも同じ顔をしている。

言った俺も、顔が燃えるようだ。

「なんでそんなに驚くの。長く続けられる相手を選びたいって俺が思ってたのは、エイメイも知ってただろ。それって恋人ってことじゃない？」

恋人、っていうより。

夫、みたいな。

「だ、だから、その喋り方もやめて、普通に接してほしい。普通に、対等の、恋人同士として」

答えは聞けなかった。

エイメイはさっと目をそらし、身を翻したのだ。

「検討します」

そんなひとことだけを残して。

彼の背中はあっという間に見えなくなった。残された俺は、呆然自失の後にむかむかと怒りが湧いてくる。

「なんなのあれ！　俺だってあんなこと言うのすごく恥ずかしかったのに！　せめていいとかだめとかなんか言えよ！　検討するってなんだよ！」

「でも、エイメイ様すごくうろたえてらっしゃいましたね」

ショウレンがにやにやしている。

「え？　そう？」

「はい。お顔も赤かったです。エイメイ様とは三年のお付き合いですが、あんなお顔は初めて見ました」

「本当に？」

「間違いありません」

俺にはそこまではわからなかったけれど。ショウレンはエイメイより後ろにいたから、出ていく時の顔が見えたのかな。

「本当かなあ……」

「本当ですってば。きっと、河伯様の告白に照れてらしたんですよ」

「エイメイが？　嘘でしょ？」

と言いつつ、俺もちょっとにやけてしまう。

ショウレンはいそいそとお茶を淹(い)れに立った。

「ああ、僕は幸せ者だなあ。尊敬するエイメイ様と大好きな河伯様がこうして結ばれるなんて。生きていてよかった」

「お前はまだ十三だろ。自分はどうなの」

「僕はエイメイ様と河伯様を眺めているだけで満たされますから」

うふふと笑いながら、ショウレンはステップを踏んでいる。そういえば昨日、楽器を習うのはどうかって話をしていたっけ。

楽器よりダンス……じゃない、舞？　そっちの方も楽しそうだな、なんて、ショウレンを見ていて思う。

俺もショウレンを真似(まね)して両手を伸ばしてみた。さっと振ると、霧吹きみたいに水が飛んだ。

「あ」

「わっ。えっ、いまの、河伯様ですか？　すごい！」

俺はもう一度、今度は明確な意思を持って手を挙げる。

てのひらから、細い水の流れが弧を描いた。

前はどんなに念じても何も起きなかったのに、いまはちょっと思うだけでできるんだ。

「これって、力を得たってことなのかな。それとも……」

ふと、頭の中にとある風景が浮かんできた。空から見下ろした、地上の風景だ。いまの嘉とはどこか違う気がする。古い……ずっとずっと古い、遠い時代。龍神を信仰する人々がこちらを見つめ、祈っている。

俺は彼らを知っている。彼らをその時代に見ていた気がする。空から、龍の姿で。

少しずつ、自分が何者なのかを思い出してきたみたい。エイメイと寝てからこれが始まったのだとしたら、もしかしたら、「力を取り戻す」ってこういうことなのかもしれない。

「今夜エイメイはここに帰ってくると思う？」

「もちろんですよ。賭けてもいいです！」

「それだと俺は来ない方に賭けなきゃいけないだろ。やだよ」

「河伯様もエイメイ様が来てくださるとお考えなんですね」

「当たり前だろ。じゃなきゃあんなこと言わないよ。ところで」

俺はまた両手を広げた。

「踊り方教えてよ。さっきの」

ショウレンの顔が情けなく歪む。

「あれはその、気持ちが昂ってしまって、見よう見まねでやってみただけで、お教えできるようなものではないんです。ちゃんとした方に習った方が……」

「習わなくてもいいんだけどな。ただ踊ってみたいってだけだし」

「そうですか？　それなら、ちょっとだけ……」

俺とショウレンは午後いっぱい踊ったり、楽器を弾いたりして過ごした。琴は俺の思っていた日本の琴とはちょっと違ったし、弾いても上手く音が鳴らなかったけれど、楽しかった。

「河伯様がこんなに楽しそうにしてらっしゃるのは初めてですね」

ショウレンも楽しそうだ。

今日はまた晴れ。祠廟では庭の木々が昨日の雨で元気を取り戻したようだ。いっぱいに枝を伸ばして、葉を揺らしていた。

夕方近くなって、祠廟の使用人が呼んだ。

「エイメイ様がいらっしゃいました」

ショウレンが手を叩く。

「祠廟にお戻りになりましたね！　賭けは僕の勝ちです」

「ふたりとも同じ側に賭けるって話だっただろ。どっちが勝ちもないよ」

俺は門までエイメイを迎えた。

「お帰り」

彼はちょっと面食らったようだ。

「はい。戻りました。いえ」

咳払い。

「……戻った。変わりないか？」

ふふ。

自然と笑みが咲く。

「うん。普段通り。あ、ショウレンと一緒に楽器を弾いてみたりしたよ。楽しかった」

子どもみたいな報告だ。

エイメイも表情を和らげた。

「それはよかった」

「お食事にしましょうか」

この場の誰より嬉しそうな、ショウレンが誘った。

涼しい夜だった。

扉が開いて、彼が入ってきた。あの夜と同じ、髪は下ろした肌着姿だ。

「龍神さ……」

と、口にしかけてから、エイメイは。

「河伯様」

惜しい。

「その『様』も取ってくれない？」

「だが、それでは不敬にすぎる。あなたが龍神だという事実には変わりないのだから」

「だめ。俺がそう呼べって言ってるんだから、そう呼んで」

彼は頭を振る。

「まったく、あなたには負ける。……河伯。これでいいか？」

「うん。完璧（かんぺき）」

俺はエイメイの胸に頭をもたれた。いろんなことが頭に浮かんだ。俺がやらなければいけないこと、俺にしかできないこと。

「エイメイは地方の状況も知ってるよね？　もっともっと雨が必要？」

「気にしていたのか」

「うん。一回雨を降らせればいいってものでもないから」

「そうだな」

彼は俺の手を引き、ベッドに座らせた。自分はその隣に。

「一日の雨で状況が劇的に変わるものではない。それでも、あの雨は嘉では救いの現れだ。龍神の顕現を示す確かな徴（しるし）なのだから」

「少しは持ち直した？」

「何より、人の心が希望を取り戻した。あなたの存在はそれだけ大きい」

エイメイは俺を抱き寄せた。

「あなたは嘉の救い主だ。それと、私には――」

彼は俺の顎を捕らえた。

「かわいい恋人だ」

うわ。ずるい。そんな言い方、完全に不意打ちだった。

「い、いきなりそれは、ちょっと」

「なぜ？　恋人として接するようにと言ったのはあなただ」

「そうだけど、さっきまで名前で呼ぶのもためらってる感じだったのに、急に距離詰められるとびっくりするだろ」

「だからこんなに頬が赤いのか」

彼の指が頬をくすぐる。熱い。

「豹変しないで」

「していない」

彼は俺の頬に唇を寄せた。やわらかいキス。胸が高鳴る。期待して鼻先を向けた俺に、彼は唇への口づけをくれる。舌で俺の口を開いて誘う。

エイメイの手が俺の腰を探っている。その手が帯の結び目を掴んだ。するりと、帯が解かれて。

彼は俺の襟を開いて肌着を抜き取った。首筋から胸に唇を滑らせる。俺はキスが好き。身体へのキスも好き。彼が俺の上に屈み込んで、唇で胸元にキスをする。ぴくり――と腹が震えて、エイメイにもたぶん伝わった。俺が感じていることが。

彼は俺を優しく倒した。それから、自ら帯を解いて、肌着を脱ぎ捨てた。といっても、前より幾分雑ではあったものの、脱いだものはちゃんとかけたので、エイメイはエイメイだった。

逞しい男が好きな俺は、脱いだ彼の肉体にやっぱりちょっと感動してしまう。優男ふうなのに、脱いだら全然違うんだ。

その身体で、彼は俺を抱きしめる。熱情と慈しみの間を揺れる、絶妙な手つきで俺を撫でる。

ふたりだけの秘密みたいに、彼が囁く。

「どこを触られるのが好きか教えてくれ」

ぞくぞくする。どこって、どこ？

「全部」

彼は艶っぽく笑った。

「耳や首も？」

指が俺の耳朶を弄ぶ。

俺は目を閉じて頷く。

「ここも？」

彼は舐めた指で俺の乳首に触れた。ぬるりと濡れて、指なのに舌みたい。

「んっ……、好き」

「では……、ここは？」

エイメイの手が下りる。硬く反り返った俺の中心に。

彼はそこをゆるやかに扱いた。

「あ……、ふぅ……ん」

俺はエイメイの首に手を伸ばしてキスを誘った。唇を合わせて、舌を重ねる。

彼のものも硬くなって、俺の腿に当たっている。俺はそっちにも手を伸ばした。てのひらに熱と圧倒的な重みが触れて、俺も興奮する。

お互いの先端がこすられる。そこでキスしているみたいで、これも好きだ。背中がざわざわしてくる。下半身はもう限界に近い。

「エイメイ……、俺、もう、出ちゃいそう……」

彼はちょっと考えるような表情を見せたけれど、すぐに頷いた。

「構わない。では、このまま」

口を開けたまま舌で舐め合いながら、手は互いの陰茎を高めていく。我慢できない。彼の親指が鈴口をかすめた瞬間、俺はあっけなく達してしまった。

「んぁ……っ」

エイメイの手と、ふたりの身体を汚してしまった。彼がそっと離れて、手を拭く。

「休んでいて」

あれ、でも……。

エイメイは射精していない。俺だけ、いいのかな。

彼は横たわった俺を抱きしめて、腕を撫でていた。射精してしまうとあんまり感じない……と思っていたのに、彼のものはまだ硬いとか考えたり、腕を撫でている手がだんだん上がって首筋や耳を撫でたり、腰をさすったりしていくと、再び欲望が首をもたげてきた。

彼が言う。

「うつぶせに」

俺は従う。彼が俺の脚を開く。腰のくぼみに香油が垂れてくる。

指が入ってきた。

「んっ、んんっ……」

彼が指を曲げて、浅いところを探っている。中で一番感じるところ。たちまち下半身が反応する。

「ふぅぅ……」

熱い。頬も胸も下も、どこも全部熱くてたまらない。

エイメイは中を探りながら指を増やして、窄まりを拡げていく。

俺の身体は少しも抵抗しない。それでなくとも一回イったからだるい。彼にされるがままに感じて、だらしなく弛緩していた。

エイメイが後ろから頬を寄せる。

「このままする方がいい？」

「ん……」

俺の思考はだいぶ溶けていた。膝をついて尻を上げた。

エイメイはふたつの山を割って、深く男根を沈めてきた。

「んうっ……うううぅ」

腹の奥までいっぱいに彼が満ちる。入っちゃいけないところまで入ってくる、ような。

それがあんまり気持ちよくて、膝が崩れそうになる。

「ああ……」

二度めの絶頂は、唐突に訪れた。

腿ががくがく震えて、内壁の快感に悶(もだ)えたかと思ったら、精液が噴き出した。下半身が苦しい。イき続けているみたい。そこにエイメイの杭が深く、濡れた襞(ひだ)をこすって開いて、逃してくれない。

最後は声も出なかった。エイメイが中で脈打つのを感じながら、俺は意識を飛ばした。

少しして我に返った。エイメイが俺の腹を拭ってくれているところだった。

俺は渡された肌着を着て、また横たわる。右手を上げた。胸の真上から右に開いていくと、細い筋状の雲が生まれた。雲は水だ。霧も、靄(もや)も、雨も、全部水。俺のてのひらから生まれた雲は、手を振ると文字通り霧散する。

「いろんなことができるようになってきてる」

俺は呟(つぶや)いた。

「できるわけないって思ってたのに、不思議だな。もしかしたら空も飛べちゃうのかな」

エイメイが俺の手を両手で包んだ。

「あなたは空から来た」

「みたいだね。それならきっと、飛べるんだよね」

「不安なのか」

彼は俺の肩を撫でた。官能的だったさっきとは違って、優しさといたわりに満ちた撫で方だった。

俺は身を寄せる。

「少しね。生身で飛ぶなんて考えたことないから」

彼の唇を額に感じた。

俺は笑う。

「恋人として接してって言ったら、すごく甘いんだね」

エイメイも笑った。照れたみたいな顔だった。

「どうだろう。このように誰かと共寝するのは久しぶりだから、加減がわからない」

彼は深くため息をついた。

「寄り添って過ごす悦(よろこ)びなど忘れていた」

「誰もいなかったの？　そんなに長い間？」

「期間というよりは、心境の問題だろうか。都を離れ、県令として赴任してからは、自分について考える暇もなかった。ようやくこうして閨(ねや)をともにした相手が、まさか龍神だとは」

彼もずいぶんリラックスしていた。だから、俺はこれでよかったんだろうと思ったんだ。こうやって、普通の恋人同士になろうって言って、正解だった。

「俺もエイメイには嫌われてると思ってたけどね。最初の頃は言い方もきつかったし、ずっと『こいつばかだな』って顔して俺のこと見てたでしょ」

「そんなことは」

珍しく、彼が笑い声を立てた。

「私は好き嫌いで相手への態度は変えないつもりだ」

「だろうね。いまはわかるよ」

俺は彼の腰に腕を回した。

「エイメイに嫌われてなくてよかった。本当はちょっと不安だったんだ。龍神に選ばれるのは名誉だって言ってたけど、エイメイだけは嫌がるかもって思ってたから」

「あなたを嫌うなど」

彼のぬくもりが寄り添っている。ふたりでひとつになっているみたい。

「龍神はもっと気高く近寄りがたい存在なのだと思っていた。しかし、いざあなたを前にしてみると、違う意味で目が離せない。困ったものだ」

「褒めてないね？」

「褒めている。あなたは――」

　彼は俺の頬を両手で包んで、唇すら触れ合いそうな距離で見つめる。

「こうして、いつも見つめていたくなる人だ」

「近すぎるってば」

　彼は笑って、やっぱり唇を重ねた。じゃれあうだけだった口づけが、いつしか深くなる。

　呼吸が乱れて、熱く変わる。

「……加減して」

「努力する」

第八章　忍び寄るもの

広間にて。

テーブルに地図が広げられて、俺とエイメイ、ショウレンの三人でそれを囲んでいる。ここで寝てと言ったあの日以来、エイメイは祠廟で暮らしている。仕事の荷物も持ち込んだようだ。客間がひとつ彼の部屋になった。

いうまでもなく、夜は俺と一緒だ。

俺が彼を選んでから、一週間、二週間と過ぎ、さまざまな情報がもたらされた。

嘉は全土で降雨量が減っている。とはいえ、地方による差は大きい。都周辺は被害が小さくて、地方の村々からも人が集まってきている。被害の大きな地方に住んでいた人々が、村を捨て、都に逃げてきたのだ。餓死者も出ている村では、農地も打ち捨てられている有様だとか。

エイメイが言う。

「都から物資が送られているが、人々の流出は止められていないようだ。無理もない。雨を降らし、土壌を潤すほかに、農地に人を呼び戻さねばなるまい」

「でも、現状がもう厳しいんだよね？　そんな土地にどうやって人を入れるの？」

「まず移住者に助成金を出すと布告するのはどうだろうか。組を作り、集団で移住するよう準備させよう。太子様にお話しせねば」

「俺は何をすればいい？」

彼は地図を指差した。

「あなたにしてほしいのは、まだ枯れていない畑や水田を救うことだ。なるべく全土に雨を降らせていただきたい。特にここと……、ここだ。嘉の穀倉地帯だ。近いうちにそこに……」

「待って」

俺は地名を読んだ。すると、目の前で見ているみたいに、村の風景が浮かんできた。目を瞑ると、よりはっきり見える。穀倉地帯——ああ、確かに、稲がたくさん植えられている。でも、あんまり元気がない。

そのイメージの中で、俺はそっと屈んで土に触れた。乾いている。

俺は空を見上げて願った。ここに雨を降らせたい。

雲が集まってくる。ぽつぽつと降り始めた雨は、やがて本格的に大地を濡らしていく。

目を開けた。

エイメイが俺を見守っていた。

「いま、ここに雨を降らせた」

「地図を見ただけで、それができるのか?」

「うん」

確信があった。いまの俺は、ここにいてどこへでも雨を降らせることができる。力が溢れるように湧いてくるんだ。

「近いうちに向かおうと言うつもりだったのだが……」

「いいね。行こうよ。今度は龍神として、堂々と国中に行こう」

「国中には無理だが」

彼は微笑(ほほえ)んだ。

「行こう。まずは太子様にお許しをいただき、準備を整えねば。以前とは違い、一日二日では戻らない。長く視察に出る」

「もちろん僕もお供します!」

ショウレンがどんと胸を叩いた。

ところが、俺とエイメイ、ショウレンで視察に行く手はずが整うのを待たず、意外な人物が祠廟を訪れた。

ゲンリョウとシコウの父子だった。

彼らは朝早くやってきた。朝食を終えて、エイメイと天候や現況について話している最中だった。

「ゲンリョウ将軍がおいでです」

祠廟の使用人から告げられて、俺は首を傾げた。

「なんで？　予定にはなかったよね」

俺の予定はエイメイがしっかり管理している。誰かの訪問があるなら彼が教えてくれる。今日はなんの知らせもなかった。

彼も不審そうだった。

「聞いていない。シコウ殿だけならばまだわかるが」

ってことは、シコウはふらっと誰かを訪ねたりするタイプなんだな。やりそう。すごくやりそう。

「だったら、なんで？　何か用事かな」

「お礼を述べにいらした……とかではないでしょうか？　いつだったか、ギシュク皇子もそれで……」

と、言いかけて、ショウレンは唐突に口を閉じた。

俺も妙に暗い気分になって、黙り込んでしまう。

ギシュクが来たことはエイメイも知っていたようで、特に何があったのか訊きはしなかった。

「門前払いするわけにはいかない。お通ししなさい」

使用人が一度去る。エイメイは広げていた地図を片づけた。間もなくして、ゲンリョウとシコウがやってきた。

ゲンリョウは油断ならない目でエイメイを睨んだ。

「おはようございます。龍神様、エイメイ殿」

威圧感がある。さすがは大将軍だ。

「何かございましたか？　来訪のご予定とは存じておりませんでしたが」

エイメイが返す。こっちも臨戦態勢。

「龍神様をお借りしたい。視察にまいるのです」

「なんですって？」

俺も驚いた。視察だって？　なんでそれをゲンリョウが言ってくるんだ？

「私は聞いておりません。龍神様の世話役は私です。龍神様に関することは、まず私に話を通していただきたい」

エイメイは大将軍相手にも怯まない。

が、相手もしたたかだった。

「こちらには陛下のご許可があります。何も私が身勝手に龍神様を連れ出そうとしておるのではありませんぞ」

「命令書はお持ちですか？」

「当然です。これを」

ゲンリョウが懐から巻物を取り出す。エイメイはそれを受け取り、広げて確認する。

彼の表情が曇った。

「……確かに、ゲンリョウ将軍に龍神様をお連れしての視察を命じるとあります。ですが、私も世話役である以上すぐには容認いたしかねます。まずは太子様に確認を」

「帝の命令書ですぞ。太子様に確認したところで何も変わりはしません」

睨み合うふたり。一触即発。まずい。

「ただ確認したいってだけだよ。それでもだめなの？」

俺が割り込むと、ふたりとも若干引いた。それでもピリピリした空気は変わらなかった。

「お好きに。しかし、結果は同じです」

「わかりました。ならば、私もまいります」

エイメイ。だよね。彼ならそう言うだろうなって、予想の範囲内。

予想外――いや、逆に予想通りとも言えたのは、ゲンリョウの反応だ。

「これはこのギ・ゲンリョウに課された任務です。エイメイ殿のお力をお借りするには及びません。この大将軍ゲンリョウが我が軍の精鋭を連れて龍神様をお守りいたします。それでも疑わしいとおっしゃるのか？」

ゲンリョウがふんと鼻息を荒くした。

「どうやらエイメイ殿は、龍神様の慈愛を独り占めするおつもりのようだ」

エイメイの顔つきが変わった。すごく冷たい表情だ。

「お戯れを」

間違いない。いま、ゲンリョウはエイメイの逆鱗に触れた。

「これは失敬。しかし、エイメイ殿も悪いのです。龍神様は嘉の民すべての救い主であるのに、エイメイ殿はまるでご自分のものであるかのように振舞っているではありませんか」

「龍神様に関しては、私が陛下より全権を預かっております」

「さよう。だが、時には龍神様の恩恵をほかの者にも分けるべきです」

エイメイの目が細くなる。

「何がおっしゃりたいのです」

「いえいえ。ただ、龍神様の慈しみの御心を多くの者に分け与えるべきと申し上げておるのみです」

「あなたに分け与えるべきだとおっしゃるのですね？」

ゲンリョウは肩を怒らせた。

「私は陛下より龍神様に地方の現状をお見せせよと命じられたのです。それでも信じられぬとおっしゃるならば、血判でもなんでも押しますぞ」

将軍は自分の親指を噛んだ。嫌な音がした。肉が半分抉れて、ぽたぽたと血が滴る。なんてことを。

俺は絶句してしまった。ショウレンも真っ青になっている。

エイメイだけがひとり冷静だった。

「もし龍神様が傷つくような事態があれば、ゲンリョウ将軍にはご家族ともども責任を取っていただきます。よろしいですね？」

「むろんですとも」

と、ゲンリョウは納得した様子だけど。

俺は嫌な予感がする。

「あの……、それって、どういう意味？」

答えたのはエイメイだ。冷たい目つきのままだった。

「場合によっては三族処刑することになる」

「え……」

ゲンリョウには長く連れ添った妻と側室がいて、シコウのほかにも子どもたちがいる。

三族ってどこまでだろう？　子どももたちもみんな？　下手したら孫も？

何もあってほしくない。

「ゲンリョウ将軍。大丈夫だよね？」

「龍神様までお疑いとは、痛恨の極み。我が剣にかけて誓いましょう。必ずこの祠廟へ、龍神様を傷ひとつなくお連れいたします」

「わかった。信じる。ショウレンは来るよね？」

ショウレンが背筋を伸ばした。

「はい。もちろんです」

「いいえ」

ゲンリョウだ。

「その小間使いもこちらへ残しておいでください。今回はすべて我々の責任でお連れします」

どうして。

「ショウレンは連れていくよ。一緒に来てくれた方が俺も安心だし」

「それは、我々と一緒では安心できぬと仰せなのですかな？」

「そうじゃないけど」

「では、よろしゅうございますな。その小間使いもエイメイ殿とともに留守を守っていただきましょう。お支度をお急ぎください。午後にはお迎えにまいりますので」

「午後？　今日の午後？」

むちゃくちゃだ。

将軍たちは去っていった。この間シコウはひとことも喋らなくて、俺はそれも気にかかった。

ショウレンがおろおろしている。

「どうしましょう、エイメイ様」

が、エイメイは既に使用人をひとり呼んで指示を出していた。祠廟のではない、彼の使用人だ。

「ゲンリョウ将軍の屋敷に人を向かわせた。出立後包囲する。万が一にも家族に逃亡させないためだ」

本当に人質にするんだ。俺が向こうに行くから、お互いに人質を取り合うみたいな状態か。

「俺はどうすればいい？」

「あなたは自分の身を守ることだけを考えればいい。これを」

手渡されたのは短剣だった。エイメイのものだろうか。

使いたくない。使う機会が来ないことを祈ろう。

「エイメイ」

俺は彼の手を握った。

彼はしばし迷って、それから俺を抱き寄せる。

「あなたをひとり行かせなければならないことが悔しい。手は尽くすが」

これは、彼の本心だ。

俺は彼の瞳を見つめた。ショウレンが傍にいるし、早く準備しなきゃいけないし……、と思っても我慢できなくて、彼に唇を重ねた。

「絶対無事に帰ってくるから、待っててね」

エイメイはかすかに微笑んだ。

「ああ」

慌ただしく準備を整える中、エイメイは祠廟を出ていった。太子と話すと言っていた。

「エイメイ様はシュウ家の私兵に河伯様の後を追わせるおつもりだと思います。もし何か騒ぎが起これば突入するでしょう」

ショウレンが緊張した面持ちで言った。

「わからないのは、ゲンリョウ将軍の目的です。何をお考えなのか……。河伯様をご自分のお傍に置きたいとお考えなのは間違いありません。まさか無理やり、その……ご無礼を働くなんてことは、ないと思いますが」

「俺を傷つけたら家族ともども処刑って、エイメイが言ってたしね……」

「はい。そうでなくとも、龍神様を傷つけるなど不敬に過ぎます」

それじゃあ、将軍は何をするつもりなんだ。

わからないまま、エイメイが戻ってきた。

「ゲンリョウ将軍の屋敷はいつも通りのようだ。家族も使用人も、特に何か知らされた様子はない」

それは、つまり、ゲンリョウはきちんと都に帰ってくるつもりだ――ってことじゃないだろうか。

午後になって、ゲンリョウとシコウが迎えにきた。一行は祠廟の外にまで溢れて、少なく見積もっても百人はいた。

「馬車の用意がないみたいですけど……」

ショウレンが不安そうに呟いた。

「龍神様には私の馬に乗っていただきます。それが最も安全です」

ゲンリョウが胸を張った。

「いいよ。行こう」

俺はゲンリョウの前に乗った。後ろから抱きしめられる恰好だ。逞しい男は好きだけど、いまこの状況でのこれは好きじゃない。

「まいりましょう」

馬が進み始めた。エイメイと出かけた時とはまるで違って、ゆっくりした出発だった。

俺は振り返る。

ショウレンが懸命に手を振っていた。エイメイはその隣で、静かに俺を見送っている。

旅は、拍子抜けするくらい穏やかに進んだ。

前とは違う方向だ。南の方。この先は穀倉地帯だって聞いている。

隊が止まり、休憩に入った。

「ご気分はいかがです？」

ゲンリョウだ。

俺は懐を探る。エイメイの短剣が布地越しに触れる。その感触は俺を安心させて、同時に不安にさせる。

「平気だよ」

「それはよかった。しかし、ご無理はなさらず。何かあれば私かシコウにおっしゃってください」

将軍は部下たちを見回り、いたわりの言葉をかける。これだけ見ていると、普通にいい上官だ。

小間使いが俺に駆け寄ってきた。俺は水を受け取ったけれど、軽食は断った。

「召し上がらないんですか？」

シコウが傍に来る。

俺はまた短剣の上に手を置く。

「あなたたちは何を考えてるの？」

「いまですか？　さあ、特には、何も。強いて言うなら、龍神様はどんな恰好をしていても愛らしいなといったところでしょうか」

この人の口説き文句も、いまは空々しく聞こえる。本人も本気でなんか言ってないだろう。

「どこへ行くの？」

「お望みなら地図をお見せして、目的地までどこをどう通るかお話ししますよ」

「何が目的？」

「視察です」

返答はよどみない。嘘はついていないように思える。

シコウは大げさに笑った。

「そんなに警戒しないでくださいよ。我々はあなたを傷つけるつもりなどありません。今回の旅は本当に視察です。ただの視察ですよ」

「それがおかしいって言ってるの。視察はエ、イ、メ、イ、が俺と行くはずだったんだよ。太子に話もしてた。それなのに、後からゲンリョウが来て帝の命令書を持ってるなんて、おかしくない？」

「なるほど。さすがは龍神様、よくお気づきで」

「誰だって気づくよ。どういうことなのか話して」

「簡単なことです。あなたがエイメイ殿を選んだと知った父は、それでも諦めきれなかった。もう一度の機会を望んだのです」

いやにあっさり答える。

「なんでそこまでするの？」

「龍神様に選ばれるのは名誉です。朝廷からも一目置かれ、政治的な発言力も強くなる。エイメイ殿を見てください。いまや彼は太子様の右腕だ」

「それはもともとでしょ？　太子はもとからエイメイを信頼してたって聞いたよ。それに、ゲンリョウだって大将軍なんだから、一目置かれてるどころじゃないだろ」

「まあ、いろいろあるんですよ。政治の世界にはね」

シコウは前髪を払った。どうもさっきからシコウの動作がいちいち芝居がかっている。嘘までは言っていないのかもしれないけれど、本当でもない。そんな感じ。

「そんな顔をしないで。たかが数日間の旅ですよ。楽しみましょう」

野営しながら旅は続き、五日めに街に着いた。都ほどではないにしろ、かなり大きい。豊かな街みたいだ。

着飾った人々が出迎える。

「ようこそいらっしゃいました。龍神様、大将軍様」

「この郡の太守(たいしゅ)です」

ゲンリョウが言った。

嘉の行政区分では、県よりも郡が上だ。県が集まって郡になる。県令が県知事なら、郡の太守は……日本の区分だとちょっと難しいな。たとえば神奈川県の責任者が県令だとしたら、関東一帯の責任者が太守、って感じかな。

太守は深く一礼した。

「龍神様。顕現をお慶(よろこ)び申し上げます。あなた様が先日雨を降らせてくださったおかげで、穀物が元気を取り戻しました」

「本当に？　よかった。ここは嘉の食糧庫なんだよね」

「はい。南方の要所です」

太守に連れられて、俺はゲンリョウたちとともに街を見回った。子どもたちがこっちを見ている。呼びかけてきたり、後をついてくる子もいる。

道端に座り込んだ子や、倒れた人はいない。飢えている感じは、いまのところ見受けられない。

俺とゲンリョウ、シコウ、それに俺の世話をする小間使いたちは、太守の館に通された。

「宴のご用意がございます。ご満足いただけるとよいのですが」

「おお、これはありがたい」

ゲンリョウは受けるつもりみたいだ。シコウも特に疑問は抱いてなさそう。

俺はエイメイとの旅を思い出していた。彼はこうじゃなかった。もてなしは受けず、空き家に泊まり、藁(わら)の筵(むしろ)に寝た。

「これは視察でしょ？　遊びにきたんじゃないんだよ。もてなしはいらない。寝床だけあればいい」

太守が飛び上がった。

「とんでもない！」

「そうですぞ、龍神様。せっかくの宴です」

来るんじゃなかった。俺は席を立った。

「俺はいらない。みんなは楽しみたいならどうぞ」

「龍神様」

シコウが追いかけてくる。廊下で追いつかれた。

「あれでは太守が気に病みますよ。龍神様を迎えるのだからと何日もかけて準備したんですよ」

「準備させたの間違いだろ。俺が嫌なのは太守じゃない。あなたたちだよ。こんな人数で地方に押しかけて、宴の用意もさせておいたんだ。地方はいま苦しいってわかってるのに」

俺だって他人のことは言えない。エイメイとあの村に行くまで真面目に考えてなかった。だからか、余計に腹が立つんだ。たぶん、自分自身に対しても。

「ここはそこまで苦しくはありませんが……。そうですね。おっしゃる通りだ。龍神様はお優しい」

「優しさは関係ない。俺は部屋にいるから、入ってこないでね」

「承知いたしました」

部屋に入って、扉を閉めた。手がひどく震えていた。扉が引き戸で、角材か何かあればつっかえ棒になると思って探してみたものの、見つからない。

ここまでの往路、ゲンリョウもシコウも何もしてこなかった。だからって街でも安全とは限らない。

風呂に入れって言われたら、どうしよう。それこそ貞操の危機かもしれない。いままで野営で汚れていたから抱きたくないとかだったのかもしれないし。

風呂は断ろう。汚れたままの方が、身を守れる気がする。

俺はいつの間にか短剣を胸に抱いていた。

一日二日で街は回り尽くしてしまった。

ゲンリョウは何もしてこない。ほかの人たちもそう。本当に普通の視察をしている。逆にいえば、だからこそ後をついてきているはずのエイメイの私兵も動くことができない。

街は平和だった。見なきゃいけないほどの何かがあったとも思えない。

「では、都に戻りましょうか」

シコウが言った。俺はものすごく拍子抜けする。なんにもなかった。本当に、なんにも。

「帰りはあなたの馬に乗せて」

俺が言うと、シコウは父親を見てから答えた。

「どうぞ」

帰途はまた、ゆったりと続いた。行きよりもさらに時間をかけて、ようやく都に到着した。

懐かしい祠廟。帰ってこられて本当に嬉しかった。

でも、俺はすぐに異変に気づいた。帰ったら飛びついてくるだろうと思っていた、小柄な少年がいない。代わりに、似た年頃の知らない小間使いがいる。

「ショウレンはどこ?」

祠廟の使用人たちが顔を見合わせる。おかしな雰囲気だ。

俺の後ろにはまだシコウがいた。ここまで送ってくれたんだ。

「ショウレンはどうしたの？　なんでいないの？」

「休暇ではないですか？」

「適当なこと言わないでよ。ショウレンが俺に黙って休暇なんて取るはずないよ」

不安と怒りでどうにかなりそうだった。

「エイメイを呼んで」

「もう遅いですよ」

「何それ？　どういう意味？　まだ夜遅いってほどでもないし、エイメイがここにいないのもおかしい。帰るって知らせなかったの？」

「おかしいですね。知らせ忘れたのでしょうか」

とぼけやがって。

「ひとまず今日は入浴してお休みになっては？　お疲れでしょう」

疲れている。早く俺の箱ベッドで寝たい。それでも、この異様な状況のまま寝るなんてできるわけない。

「エイメイはどうしたの。ショウレンはどこに行った？」

「明日お話ししましょう。とにかく今夜はお休みください。失礼いたします」

くそっ。

が、シコウは待たなかった。俺を置いて行ってしまう。

「待てよ！」

俺はばかだった。自分のことばっかり考えていたけれど、ゲンリョウの狙いは俺じゃなかったんだ。俺をエイメイから引き離すことが目的だった。そうして俺のいない間に、彼に何かしたんだ。

胃がきりきり痛む。

「エイメイはどこ？　ショウレンは？　お前は何も知らないの？」

見知らぬ小間使いは気弱そうに否定するだけで、なんの情報も持っていなかった。

俺は駆けだした。祠廟の部屋をひとつひとつ、倉庫や使用人部屋にいたるまですべての扉を開けて回った。無駄だろうとわかってはいた。だけど、やらずにはいられなかった。

エイメイも、ショウレンも、どこにもいない。客間も空っぽだ。エイメイの荷物がない！

外へ出ようか。エイメイの自宅は知らなくとも、都中を探し回れば、きっと。

でも、門扉はぴったり閉ざされていた。武装した兵士たちが何人も塀の周りを固めている。俺を逃がさない構えだ。これ、絶対、ゲンリョウの差し金。

「龍神様。どうか湯浴みとお召し替えをなさってください。僕が叱られます」

小間使いが追いかけてきた。

俺は歯ぎしりする。一番怖い可能性が、頭に浮かんでくる。

まさか、ふたりとも、もう……。

落ち着こう。落ち着くんだ。

「わかった。風呂に入る」

小間使いがどこまでもついてくる。ここに来た初めの日に、ショウレンとしたやり取りを思い出した。入浴の世話がいるかいらないかってやつ。

無事だよね？　無事でいて。怖くてたまらない。

その夜はほとんど眠れなかった。


翌朝。

俺は小間使いの手を借りずに着替えた。ショウレンが着付けしてくれるみたいにピシッとは決まらない。襟元がなんとなくだらしなくて、それがいっそう俺を悲しくさせる。

朝食は断った。食事なんか喉を通りそうにない。

「ゲンリョウ将軍がおいでになりました」

新しい小間使いが告げた。

俺は広間に仁王立ちして待っていた。ここ半月で俺を何度も怒らせたその男が、入ってくる。

「おはようございます、龍神様」

ふてぶてしいくらいに堂々とした、大将軍ゲンリョウ。

シコウも一緒だ。こちらは俺から目をそらしている。

「エイメイを返して」

いきなり斬りつける俺に、ゲンリョウは笑う。

「これはこれは。龍神様は、お怒りのお顔もお美しいですな」

「ふざけないで。エイメイとショウレンをどうしたの」

「さあ、なんのことでしょう」

この男はだめだ。端から俺を舐めている。

「シコウ。あなたは知ってるんでしょ。エイメイとショウレンはどこ？」

「お答えできません」

シコウはそっけない。候補者だった頃にはあんなに親しげに口説いてきたのに、この冷ややかさはなんだ。

「こんなことしたって俺はあなたたちには従わない。エイメイとショウレンはどこにいるの？」

嫌な想像が脳裏を駆け巡った。必死で保っていた表情が歪む。

「い、生きてる、よね？　そんなひどいこと、してないよね？」

「生きてますよ。ご心配なく」

これは答えてくれた。俺は膝から崩れ落ちそうになる。

よかった。生きている。よかった。

今度はゲンリョウが俺に冷たい視線をくれる。

「そのようにひとりの男に肩入れなさるとは感心しませんな。あなたは龍神様ですぞ。恵みは平等に分け与えるべきです」

「俺が分け与えるべき恵みは雨だろ。政治がどうとか、そんなの俺には関係ないよ」

「そうお考えなのはあなただけです。なぜ多くの者があなたのお相手を務めたがったか、おわかりではないようだ。龍神様を手中に収めれば、朝廷での力が増すのです。あのような若造にそれを許すとは」

「それが本音？」

なんて男だ。

「あなたにとって龍神は、ただ自分の権力を伸ばせるかどうかの道具でしかないんだな。愛らしいとか美しいだとか、そんなの全部嘘じゃないか」

ゲンリョウはさもおかしそうに哄笑（こうしょう）した。

「いやいや、おかわいらしい方だと思ったのは事実です。いまでもそう思っております。

できればあなたと閨をともにしたい」

俺は思わず身を引いた。

「今後あなたについての全権はこのシコウが持つことになります。これは陛下の決定です」

ゲンリョウは息子を示した。シコウは黙っている。

「そんなのエイメイが許すはずない」

「しかし、陛下のご命令ですぞ。エイメイ殿は抗えません。それでは、今後ともどうぞよろしく」

これで話は終わりだとばかりに、将軍は去った。後を追うべく、シコウも踵を返す。

俺はその腕を摑んだ。

「待ってよ！　エイメイはどこにいるの？」

「エイメイ殿がそれほど恋しいですか？」

「いけないの？　俺はずっと一緒にいる相手としてエイメイを選んだんだよ。こんなかたちで奪われるなんて納得いくはずない」

ゲンリョウが扉の外で待っている。周りには兵士たちがいる。

シコウはぐいと俺の腕を引っ張った。距離が近づく。

「エイメイ殿はとある郡の太守として赴任したはずです」

低い囁きだった。

俺も声を抑える。

「どこの郡？」

「それは私も知らされておりません」

シコウは俺から離れ、父親を追った。扉が閉まり、俺はひとり残される。

愛する人のいない、空っぽの祠廟に。

第九章　吹きすさぶ風

「龍神様。おはようございます」

小間使いが扉を開ける。

俺ははっとして飛び起きるも、即座に気づいた。

ショウレンじゃない。

今朝も。

「お召し替えを……」

「そこに置いておいて」

小間使いは困った様子ながらも、一礼して部屋を出ていった。

あの日から半月と少し。ずっとこう。ショウレンじゃない小間使い、突然よそよそしくなった使用人たち、ぎこちない会話、張りつめた空気。

俺は顔を洗い、自分で服を着替える。着替えも入浴も、ショウレン以外には触られたくない。新しい小間使いはショウレンほど細やかな気遣いはしてくれないし、お茶を淹れるのもそんなに上手くない。情報通でもなければ、一緒に踊ってみようなんて気配もない。

あの子に罪はないことはわかっている。それでも、比べずにはいられない。俺はショウレンがよかった。ショウレンに傍にいてほしかった。

俺は広間に出る。新しい世話役のシコウも、エイメイのように毎朝挨拶しにくる。けれど、彼はエイメイじゃない。

俺の不機嫌な顔も、もう見慣れた頃だろう。シコウはやれやれと頭を振った。

「本日はいかがなさいます？　何かお持ちしましょうか。それとも、宴でも開きますか」

「エイメイはどこ？」

「またそれですか。毎朝毎朝同じことを、よく飽きませんね」

呆れられても、俺は諦めない。

「周りにもっと魅力的な男もいるのでは？　この際乗り換えてしまってはいかがですか」

「乗り換えたりなんてしないよ。エイメイとショウレンがどこにいるのか教えて」

「ですから、私も知らないんですよ。知らないものは答えられません」

この男の軽薄な顔を、いますぐ殴りつけてやりたい。

落ち着け。落ち着けってば。

「本当に知らないの？」

「知りません。何度もそう申し上げているでしょう？」

「ゲンリョウに訊いてよ。それか、朝廷で探ってきて」

「それはできません。父を怒らせたくないんですよ。ああいう人ですから」

意外にも、シコウは父親を恐れている。言われてみれば、彼は父親が決めた相手と結婚し、父親のせいで離婚したんだ。父親が怖くないなら、結婚はともかく離婚は断るだろう。子どもがいるんだから。

エイメイがどこかの郡の太守になったって教えてくれた時は、協力してくれるのかと思ったのに。言えるのはそこまでなのか。

ゲンリョウは祠廟には来ない。俺をシコウに任せて安心しているようだ。とりあえず手に入れたから、あとはゆっくり……ってところだろうか。

「昼にまたまいります」

「来なくていいよ」

「そういうわけにもいかないんですよ。では、失礼いたします」

シコウがいなくなると、祠廟は静かだ。

俺は地図を広げる。

どうやってエイメイを探そう。どこかの郡の太守っていったって、地図を見る限り嘉には郡が三十はある。探しにいくにしても、目星くらいはつけておかないと厳しい。

俺は地図を指で辿る。エイメイから聞いていた、干ばつが特に酷い地方を思う。

「ここと……、ここ」

目を閉じて、祈る。雨が降るように。

俺がいまできることは、このくらいしかない。

この力でエイメイの居場所もわかったらいいのに。俺の力は、水に関すること以外はあまり役に立たないみたい。だけど、もしもエイメイがいまも天候や作況を気にかけているのなら、俺が雨を降らせているのもきっとわかるはず。

考え続ける俺をよそに、時間は過ぎていった。

シコウは宣言通り午後早くに再びやってきた。なぜだか妙ににこにこしていて、後ろに小さな影が見えた。

「こんにちは、龍神様。こちらは私の息子です」

「え」

シコウをそのまま小さくしたような子だった。整った甘い顔立ち。髪の毛も同じ癖毛。

「龍神様にご挨拶しなさい、ユウリン」

「ギ・ユウリンです。お会いできて光栄です、龍神様」

ユウリンははきはきと挨拶した。

「ああ……。うん、こんにちは、ユウリン」

シコウをいろいろと問い詰めてやるつもりが、俺も毒気を抜かれてしまった。

「龍神様の世話役になったと話したら、会ってみたいと騒ぎましてね。煩わせてしまい、申し訳ありません」

なんて言うシコウは、普段より緩んだ顔つきになっている。

「龍神様は空をお飛びになるんですよね。剣はできますか。僕は稽古を始めたところです」

ユウリンはきらきらと目を輝かせている。

「もう剣の稽古をしてるんだ」

「僕はギ家の嫡男だから、剣に強くなきゃだめだって父上に言われました」

「嫡男なんて、難しい言葉知ってるんだね」

「勉学もいっぱいします。詩も詠みます」

しっかりした子だ。これはシコウが溺愛するのもわかる。いや、愛されているからこそ、こうなったのかな。

「龍神様のおうちを見てもいいですか？」

「うん。いいよ」

「やった！」

ユウリンははしゃぎながら祠廟を歩く。ここに子ども――ショウレンよりも小さな子がいるなんて、なんだか不思議な光景だ。

「ここは広いですね！」

広間や、倉庫、客間、台所や洗濯場、廊下、庭。俺の寝室以外のだいたいの場所を見て、ユウリンは満足したみたいだ。

「そろそろ帰ろう。龍神様にお礼を言いなさい」

シコウに背中を押され、ユウリンがぺこりと頭を下げる。

「ありがとうございました。また遊びにきてもいいですか？」

「うん。おいで」

父親が一緒に帰るのではないらしい。シコウはユウリンを従者に預けて、自分は戻ってきた。

「ご無礼ではありませんでしたか？」

「大丈夫だよ。俺も楽しかった」

嘘じゃなかった。無邪気で明るいユウリンは、塞ぎ込んでいた俺の心もこじ開けた。

「すごくかわいい子だね」

「ありがとうございます。あれで今日はおとなしかった方です」

シコウは息子の去った方を目で追っている。

もしかして、彼の方でも俺と過ごすのは苦痛で、だから息子を連れてきたんじゃないか。

「シコウ。あなたはもう俺に興味ないよね？」

単刀直入に訊いたら、シコウは額を叩いた。

「ははは。何をおっしゃいます。私は常に龍神様のことを考えていますよ」

わざとらしい。

「このところろくに口説いてもこないし、いやいや俺に会いにきてるんだなって思う時もあるよ。前とは大違い」

「いえいえ、そんな」

俺は目を細めて彼を睨んだ。

数秒の沈黙。

シコウが降参する。

「わかりましたよ。おっしゃる通りです。あなたはかわいらしい方だとは思いますが、振り向かない相手に執着するのは私の流儀ではありませんのでね。正直に言えば、ふられてもなお追いかけるほどあなたに惹かれたわけでもない」

「俺も正直に言えば、あなたと恋人にはなりたくない」

「でしょうね。エイメイ殿を選ぶような方ならば、堅い男がお好みでしょう」

「でも、友達にはなりたいし、協力してほしい」

俺の言葉に、シコウは眉間を押さえた。

「無理です。父には逆らえません」

その声音は諦めを孕んで、しかも諦めることに慣れていた。

ゲンリョウはシコウに命じたんだろう。俺を見張って、管理して、抱いて、モノにしろって。なんなら多少強引でもいいくらいには言われているかもしれない。だけど、シコウは俺にそこまで興味がない。興味のない相手と寝る気にならないのは、俺と同じ。

「あなたはいい父親なのにね」

同じ父親でも、ゲンリョウとシコウの関係はもっと複雑で、張りつめている。

「仕方がありません。あれでも父ですから」


これ以上無為に日々を過ごしても仕方がない。エイメイを探す方法を考えないと。

俺がひとりになれるのは、風呂と寝ている時間だけ。それも、部屋の外には見張りが立つ条件つきのひとり。

祠廟の門には兵士が並んでいる。小間使いをはじめ、使用人たちも、常に誰かが俺を見張っている。外に出るには、彼らの目を欺かないと。

俺は湯船に浸かりながら考えていた。

水流をぶつけるのはどうかな。水鉄砲の強力バージョン。

手を上げて振る。天井まで湯の柱が立った。この水流を操って、勢いよくぶつけることもできるだろう。

でも、これだと相当量の水がないと倒せないな。兵士はひとりじゃない。みんな俺に向かってくるだろう。できる限り一度に、効率よく、たくさんの兵士たちを行動不能にするには、どうすればいい？

難しいな。石礫（いしつぶて）みたいなものを飛ばせればいいんだけど。

その時閃（ひらめ）いた。雹（ひょう）だ。氷の粒。当たると痛いし、水の量自体は少なくて広範囲にばらまける。あれが自在にできれば強い。

俺は意識を集中する。湯が揺れて、浮き上がる。それが全部氷の粒になるのをイメージする。

何日かかけて練習した。最終的には粒の大きさも、固さも、スピードや軌道も制御できるようになった。

風呂ではこれができる。湯、つまり水が豊富にあるから。実際に門番を倒す時に都合よく水があるわけないから、何もない空間から雹を出す練習もしないと。

それから、一番重要な問題がほかにある。

祠廟の外に出られたとして、どうやってエイメイを探すか。

彼がどの郡の太守になったか、知っているのは誰だ？

シコウは頼れない。ゲンリョウを脅して聞くのはリスクが高い。ほかに誰か、俺に協力してくれそうな人はいないか。

帝……は、だめだ。ゲンリョウにいろんな命令書を出したのは帝なんだから、あっち寄りの人かもしれない。

太子……悪くない。エイメイの上官なら、協力してくれるかも。ただ、「太子の傍に仕えるなら武芸は必須（ひっす）」とかなんとかエイメイが言っていた通り、警備は厳重だろう。

朝廷の内情を知っていて、俺が近づくこともできそうな相手じゃないとだめだ。

ひとり、心当たりがあった。この状況で俺が頼るなら、この人だって相手が。


エイメイが姿を消してから、ほぼひと月。

朝目覚めた俺は、いつも通り小間使いの手を借りずに着替えた。

朝食後にシコウがやってくる。この人も意外と律儀な人だな。先日あんな話をしたのに、あれからも毎朝来る。

「ユウリンは元気？」

これは、シコウの機嫌がよくなる話題。

「元気ですよ。また龍神様にお会いしたがっています」

「いいね。連れてきてよ」

無難にシコウをかわして、俺は寝室に引っ込んだ。しばし待つ。

祠廟の中は徐々に朝の忙（せわ）しない空気が和らぎ、中だるみのようになる。時刻でいえば、たぶん、午前十時半頃。

俺は扉から外を窺う。
心臓がばくばくしてきた。
深呼吸して、扉を開ける。
小間使いがいた。
「庭を散歩していい？」
「はい、龍神様」
後ろからついてくる。撒（ま）けない。それなら、この子はひとまず無視しよう。
俺は努めてゆっくり歩いた。少しずつ、少しずつ門に近づく。
門番の兵士たちは正面に四人。ちょっと離れてまた四人。門は閉じている。
俺は駆けだした。両手を前に、意識を集中する。
――くらえ！
てのひらから雹が飛び出した。俺から放射状に、八人の兵士たちに襲いかかる。
「うわあっ！」
怯んだ！　やった！
彼らの横をすり抜け、俺は渾身（こんしん）の力で門をこじ開けた。
祠廟を出た。出たんだ！
喜んでいる場合じゃない。宮殿は近いはず。人の多い方角へ走る。

大きな門が見えてきた。番兵はいるものの、門は開いている。これなら、祠廟より簡単そう。

俺はまたしても両手を前に突き出した。

「どいて！」

雹が飛んだ。

慌てふためく兵士たちを越えて、俺はさらに走る。門の向こうは長い階段が続き、宮殿はその先だった。

あちらこちらから怒鳴り声や、何か太鼓みたいな音が聞こえてくる。あれって、「侵入者あり」を知らせる合図じゃないのか。

俺は階段を駆け上がった。問題はこの後だ。どっちに行けばいいのか、皆目見当もつかない。正面の宮殿に入って奥を目指すか、左右から庭を回っていくか。

右だ。右から行こう。

だけど、この判断は間違いだった。右に曲がった途端、たくさんの兵士たちがこちらに向かってくるのが見えたんだ。

後ろからも兵士が迫ってくる。囲まれた。

兵士たちはすぐには近づいてこない。じりじりと包囲しつつも、俺の頭を見てためらっている。

そうだった。見ればすぐにそれとわかる、二本の角。俺は龍神。嘉の人々には大事な神様だ。

一か八か。

「俺は……、じゃない、私は、龍神河伯だ。ギシュク皇子に会いたい」

兵士たちは顔を見合わせる。まだ迷うのか。

俺はどうにか威厳をかき集めて胸を張る。

「私はギシュク皇子に用があるんだ。案内しなさい！」

「は、はい」

まごつきながらも、兵士たちが道を空ける。よかった。なんとかなった。

「急いで！」

「わ、わかりました」

数人が俺を先導する。俺は早足で進み、時々追い越しそうになってしまう。

ギシュク皇子は宮殿の主たる大きな建物からは少し離れて、奥にあるひと回り小さな建物にいるようだ。皇族の住居らしい。

「ギシュク皇子はあちらです」

と、指差された廊下の先に、部屋がある。

「ありがとう。ここまででいい」

扉を開けた。

そこは部屋……ではあるんだけど、さらに奥にまたひと部屋ある前室だった。開けたすぐにはギシュクはいないようだ。

「ギシュク皇子？」

呼びかけると、奥から彼が出てきた。

「龍神様！　なぜここに？」

「頼みがあるんだ」

俺は皇子に駆け寄る。

時間はあまりない。もう騒ぎになってしまっている。祠廟からはシコウに急報が行くだろうし、ここを突き止められるのも時間の問題だ。

「エイメイがどこにいるのか教えてほしい」

これを聞いて、ギシュクの顔から感情がはがれ落ちた。

「あなたは……、シュウ・エイメイを探すために、ここに？」

俺はたじろいだ。

こんなことをしたら、ギシュクが傷つくかもしれない——わかっては、いたんだ。そのくらい、俺だって考えた。

だけど、ほかに方法がないんだ。

「知ってるなら教えて。エイメイはどこにいるの？　どの郡の太守になったの？」

「そうして、また彼を選ぶおつもりですか。私を捨て置いて？」

そんなつもりじゃない。でも、そう。

「あなたには申し訳ないと思う。だけど、俺には彼が必要なんだ。どこにいるのか教えてほしい。お願いだから」

「あなたは私を選ぶことはない。それでもあなたのために力を貸せと？」

悲しい笑みが、ギシュクの口元に浮かんだ。

「龍神様。ひとつ教えてください。あなたはなぜエイメイを選んだのですか。なぜ私ではいけなかったのですか」

俺も悲しくなった。それはたぶん、ギシュクとは違う理由でだ。

「エイメイは最初からずっと厳しかった。何回も叱られたし、絶対俺のことばかだと思ってるだろってムカついたりもした。だけど、彼だけが真剣に俺と向き合ってた」

ギシュクの瞳が、驚愕（きょうがく）を映してゆっくり開く。

「あなたも、ゲンリョウも、シコウも、ほかの候補者たちも、みんな……。それぞれ自分のための理由で俺に選ばれたがってた。自分のことより嘉の民を救うために行動してたのは、エイメイだけ」

「そんなことはっ……」

「ないって、本当に言える？　俺に選ばれたかったのは、民を救うため？」

皇子は俯いた。自分でわかっているんだ。

「俺は龍神だよ。誰より民について真剣に考えなきゃいけない存在だと思う。それを教えてくれたのは、エイメイなんだ。だから、龍神の相手としてふさわしいのは彼」

俺は泣きたいような気持ちで微笑んだ。

「だけど、あいつ、感情より判断を優先するところあるから、何かやらなきゃいけないことがあって、俺がいたらそれができないって判断したら、置いていくと思うんだよね。だから、もしかしたらいまなんの連絡もないのも、そういう判断の結果だったりするのかもね」

「それでも……、彼を選ぶのですか」

「うん。だって、それなら俺が追いかけていけばいいし」

今度は、心からの笑顔になる。

「俺はエイメイが好きなんだ。そういう判断で感情を捨てるところとか、自分より誰かのために動くところとか、全部」

ギシュクは口を結んだ。

これ以上は聞きたくないだろう。でも、俺は言わなきゃいけない。

「ギシュク。あなたは俺を好きなわけじゃない。俺に選ばれたいって言ってるのも、本心からじゃない。あなたはただ、帝や太子――お父さんやお兄さんに、自分だって役に立つんだって認めてもらいたいだけ。生まれ順やお母さんの身分からじゃなくて、あなた自身の存在を認めてもらいたいんだよ。あなたが『私を使ってください』って本当に言いたい相手は、お父さん。もちろん、俺に言ったような意味じゃなくてね」

自分を信頼して、仕事を任せてほしい――そう、ギシュクは望んでいる。

「あなたは自分の本心を自覚した方がいい。そうすればきっと、あなたが本心から愛せる人、あなたを本心から愛して、幸せにしてくれる人が現れる」

長い沈黙が続いた。

ギシュクは苦しそうで、正視に堪えない。ようやく絞り出した声も、かすれて揺れていた。

「よく……、わかりました。ありがとう、ございます」

この人は人生の大半を、太子やほかの兄弟たちと自分を比べて過ごしてきたんだろう。自分には能力がない、できることがないって、焦って、屈折して。

そんなことないのに。

これ以上、俺からは何も言うことがない。扉の向こう、まだ遠いけれど人の声がしている。だんだん近づいてくるようだ。

「龍神様」

ギシュクが顔を上げていた。

「残念ですが、私はエイメイの任地を存じません。しかし、調べます。数日ください」

皇子は唇に微笑を上らせた。

「私もあなたに協力したい。あなたとエイメイがこの国を救うのならば、皇子として私も続かねばなりません」

「ありがとう。本当に……、ありがとう」

「いいえ。私も目が覚めました。ありがとうございます」

部屋の外が騒がしくなった。

「ギシュク皇子。よろしいでしょうか」

シコウの声だ。

ギシュクはさっと俺を抱き寄せた。

「ご無礼をお許しください。少し、このままで」

扉が開き、兵士たちが踏み込んでくる。その中心にいるのはシコウで、後ろにはゲンリョウもいた。

寄り添う俺とギシュクを見て、不快もあらわに踏み出したのは、やっぱりゲンリョウだった。

「龍神様。これはどういうことですかな？　ご説明願います」

ている。

「ああ。なるほど。そういうことですか。しかし、何も兵士たちを倒して脱走してまで宮殿に乗り込む必要はなかったのでは？」

シコウが乾いた笑いを返す。

俺に向けた言葉だったと思う。でも、俺より先にギシュクが反応した。

「お前たちが龍神様を閉じ込めていたからだろう」

「まあ、そうですが。それにしても、意外でしたよ。乗り換えたりなどしないとおっしゃっていたのに」

シコウの目が鋭く光る。「逢瀬」が真実かどうか、疑っていそうだ。

俺はとっさにギシュクの胸元にしがみついた。

ギシュクが俺の耳に囁く。

「三日後に私を祠廟にお呼びください」

俺は頷く。

「龍神様！　まいりますぞ！」

ゲンリョウが俺の腕を摑んだ。

俺は将軍を睨みつけて、ギシュクから離れた。兵士たちに両脇を固められて、外に連れ出される。

怒り心頭のゲンリョウが怒鳴った。

「逢瀬にしてもふさわしい相手はほかにいるでしょう！　なぜギシュク皇子など！」

俺はシコウを一瞥（いちべつ）する。シコウは肩をすくめた。

「龍神様は堅い男がお好みなんですよ」

信じているのか、いないのか。

俺はまた祠廟に閉じ込められた。今度はもっと厳重。兵士は増員、見回りも強化。

待つしかない。

三日後。

朝の挨拶もそこそこに、俺はシコウに命じる。

「ギシュク皇子を呼んで」

シコウは腕を組んだ。

「理由をお訊きしましょうか」

「会いたいからだよ。いけないの？」

「エイメイ殿はもうよろしいのですか？」

「じゃあ逆に訊くけど、あなたは奥さんがいた間、一回もほかの人とそういうことしなかった？　奥さんだけで満足してた？　奥さんが何かで不在の間も？」

組んだ両腕を、彼は広げた。

「私のことはともかくとしてですよ。あなたは違う。ご自分でそうおっしゃったではありませんか」

「そうだよ。でも、会いたいんだ」

誰に――とか、どうして――とかは、言わない。だからこれは、嘘じゃない。

「会いたい。それだけ」

シコウは数分の間考えていた。そのうち、諦めて認めた。

「仕方がありませんね。では、夜に」

「ううん。いま呼んで」

「それはずいぶんとお急ぎですが……。まあ、いいでしょう。しかし、すぐは無理です。昼過ぎにしましょう」

これが最大限の譲歩だろう。でも、俺は言いたいことがもうひとつあった。

「もしもこの先ゲンリョウがユウリンの人生にまで口を出してきたら、あなたは従うの？ユウリンまで父親に差し出す？」

シコウの顔が強張った。

「差し出す、とは。穏やかではありませんね」

「でも、いまあなたがやってることはそれでしょ？」

「私は何も、あなたを父に差し出しているつもりは……」

「俺じゃないよ。あなた。あなたは自分自身を父親に差し出してる」

今度こそシコウは声を失った。頭の回転が速く、取り繕うのも上手な彼が、何も言い返せなくなった。

「待ってるから。ギシュク皇子をここに連れてきて」

俺の言葉を背に受けて、シコウは祠廟を出ていった。

それから、約束通りの昼過ぎにギシュクが訪れた。

俺は庭先で迎える。ショウレンがいた頃のように、庭に敷物が敷かれ、茶席が設けられていた。ただし、ギシュクやシコウの前で寝そべったりはしないけどね。

立ったままのギシュクと、その後ろで腕を組むシコウ。

ゲンリョウは来ていない。

俺が見つめていると、シコウはふんと鼻を鳴らした。

「なんですか？　仕方がないから一枚噛んでやろうというのですよ。ああまで言われましてはね」

「どういうことです？」

わけがわからないのはギシュクだろう。

俺は間を取り持つように立った。

「シコウも協力してくれるってこと」

「しかし、ゲンリョウ将軍は……。今回のことに深く関わっております。よろしいのですか？」

シコウがどかりと椅子に腰を下ろした。

「どうぞどうぞ。私はお邪魔しませんので」

投げやりだ。それでも、協力してくれるっていうならそれでいい。

ギシュクがやっと話を始めた。

「エイメイ殿の任地は安狼郡のようです」

皇子は地図を持っていた。それを広げて見せてくれる。

「ここです」

西の果てだ。荒野が広がり、異民族の村も近い。干ばつの被害も大きかったと、前にエイメイに聞いた。

「厳しい土地だね。いまの状況はどうなの？」

「よくありません。もともと朝廷に対する反発も強い土地です。赴任から一か月半でしょうか、おそらくエイメイ殿も苦労していることでしょう」

「なんといいますか、実に陰険な異動ですね。あの優秀なエイメイ殿ならばここを治められる、そう説いたのでしょうが」

シコウだ。誰が説いたのかは言わなかった。言わなくても全員にわかっていた。

「そこまでするんだ」

「あなたからエイメイ殿を遠ざけるためでしょうが、一方には妬みもあったでしょうね。彼は優秀です。私よりも、ずっと。息子の競争相手を減らそうというわけです」

苦々しく、シコウは言った。

ギシュクが続く。

「呼び戻しましょう。私の推測ですが、太子様は反対なさってらしたはずです。せっかく都に戻ってきたエイメイをまた遠方にやるなど、太子様が望んだとは到底思えません」

「そうだね。太子を味方につけられれば強いと思う」

「説き伏せられるよう努力いたします。シコウ殿はどうする」

「この状況で私にできることは、父を抑えておくことくらいでしょうね。まあ、力は尽くしますよ」

シコウも言ってくれた。

「ありがとう。本当に助かる」

「いいえ。では、龍神様はエイメイ殿が都に戻る日までお待ちください。時折こうして報告の時間を設けましょう」

これで話は終わりだと、ふたりとも思っただろう。

エイメイが赴任したのは、困難の多い土地。苦しんでいる人がきっとたくさんいる。彼が県令として務めていたのも、似たような土地だった。

俺には予感があった。

「ううん。俺はエイメイのところへ行く。ふたりはあとのことをお願い」

「えっ？　それは……、旅をなさるおつもりですか？　お気持ちはわかりますが、いま動くのはどうでしょうか。それに、馬をご用意いたしませんと。シコウ殿、祠廟の馬は……」

「馬はいらないよ」

俺は大きく息を吸い込んで、空を見上げた。

大丈夫。できる。

目を閉じて、風に身を任せる。自分の身体が、人としての姿から変わっていくのを感じる。

飛ぶなら、いまだ。

第十章　あの日の彩雲

風が吹いている。この世界に生まれたあの日と同じ、乾いた風が。

もっと唸れ。雲を集めて雨を呼べ。雷鳴を轟かせて、みんなに知らせるんだ。

龍神が天を行く。

俺は空に飛び上がった。身体は白い鱗に覆われ、長く伸びている。頭には二本の角、背骨に添ったたてがみ。手の爪は鋭く、どんな生きものでも簡単に引き裂いてしまいそうだ。蛇のように長い胴体をくねらせて、祠廟の上空をひと回りする。ギシュクとシコウが口を開けて見上げていた。

――行ってくるね。

俺は祠廟を離れる。

雨が降り始める。大地が潤い、川や泉に豊かな水が満ちる。

鱗が濡れて輝く。俺は水を司る龍神だ。降りしきる雨が、さらに俺を強くする。

都が遠ざかっていく。目だけで振り返ると、宮殿も祠廟もどんどん小さくなって、やがて完全に見えなくなった。

目指すはエイメイのいる西の果て、安狼郡。馬だと十日以上もかかる遠い土地だ。急いで行こう。この身体でできる限り、光にも次ぐ速さで。

速度が上がる。頬に雨が当たる。稲光が走って、雷が鳴った。人々が建物に逃げていくのが見える。そのうちの何人かが空を見上げる。

彼らが俺を指差して叫ぶ。

「龍神様！　龍神様だ！」

ああ、そうだ。そうだった。あの時もこうだったんだ。空を飛ぶ俺と、見上げて叫ぶ人々。

あの時俺を追いかけてきたのは、エイメイとショウレンだった。

平原を抜け、山を越え、街や村を過ぎる。景色が変わり、さまざまな土地が通り過ぎていく。

やがて荒野が見えてきた。安狼郡だ。

作物の実りが悪いことは、上空からでも見て取れた。俺とともに雨雲も広がってきたけれど、数日の雨くらいではもはやどうしようもないくらいに枯れてしまっている。

ひときわ大きな建物が見えた。太守の城だ。櫓とは別に、城の二階部分に張り出した見張り台がある。そこに、懐かしい少年の姿が見えた。

「ショウレン」

小さく呼んだ声が聞こえたかのように、ショウレンは飛び上がって中に戻っていった。そうして次には、会いたくて仕方がなかった、彼を引っ張ってきた。

その驚いた顔が、俺も嬉しい。

雨が上がった。雲が見守る中、俺は円を描いて降下する。見張り台の数メートル上で人の姿に戻って、エイメイの胸に飛び込んだ。

「エイメイ！」

「河伯！」

彼は俺を受け止めた。

力強い腕と、見た目より厚い胸板と、全部が懐かしくて涙が出そう。たかがひと月半離れていただけなのに。

「どうしてここに？　いったい何が？」

エイメイが混乱するのも無理はない。俺も話したいことがたくさんある。

だけど、いまは。

「会いたかった」

俺は素直に彼を抱きしめた。

戸惑いがゆっくり解けて、彼も俺を抱き返す。

「私もだ」

俺は彼の頬を両手で包んだ。ほんの少し、陰影が濃くなったようだ。

「少し瘦せたね？」

その顔を見ているだけで、大変なんだろうなってわかる。

でも、彼は微笑んだ。

「問題ない。元気だ」

「ちゃんと食べてる？」

「可能な限りは」

嘘じゃないんだろう。ただ、「可能な限り」の範囲がかなり低いところに設定されているのは間違いない。

いつまでも彼と見つめ合っていたい。だけど、そういうわけにもいかなかった。冷静になったのはやっぱりエイメイの方が早かった。

「なぜここへ？」

「話すと長くなるんだけど……。ギシュク皇子とシコウが助けてくれたんだ」

俺は周囲を見回す。

「ショウレン！」

両手を広げる俺に、ショウレンが駆け寄ってきた。

「河伯様ぁぁ……。ごっ、ご無事で、よかったたぁぁ」

「この場合、『無事でよかった』のはエイメイとショウレンの方だと思うよ」

「ううぅぅぅ……」

ショウレンは泣きじゃくっている。少年らしい細い身体は、俺の腕にすっぽり収まった。

「大丈夫だった？　風邪(かぜ)ひいたりしてない？」

「ぼっ、僕は、強いんです」

「よかった」

もう一回、ショウレンをきつく抱きしめる。

「ギシュク皇子がエイメイを都に戻すよう太子を説得してくれる。みんなで帰ろう」

ショウレンが固まった。きまり悪そうにエイメイに目をやる。

エイメイも複雑そうな、でも、決意の滲(にじ)んだ顔をしていた。

「都には戻らない。少なくとも、数年の間は」

ああ。

俺は深く息を吸い込んだ。

「なぜ？」

エイメイは手を挙げて、城からの風景を示した。

「これを見てくれ。安狼郡は嘉で最も厳しい場所といっていい。この痩せた土地、この貧しさ、加えていつ攻め入ってくるかもわからない異民族……。それなのに、嘉の朝廷からは見捨てられたも同然だ。ゲンリョウ将軍が私を太守に推薦したのは制裁にも似た行動だろう。しかし、私はここに赴任してよかったと思う。少しでも人々が安全に暮らせるよう身を賭して働きたい」

俺はショウレンに視線を移す。

ショウレンも背筋を伸ばして言った。

「僕もエイメイ様に従います」

俺も驚かない。エイメイはエイメイだ。っていうより、これでこそエイメイだと思う。そう答えるだろうなって、予感はあったんだ。

「わかった。それなら、俺もここに残るよ」

「なんだって？　本気で言っているのか？」

「うん。本気。エイメイがここで働くなら、俺も手伝う」

「ここは都とは違う。祠廟でのような暮らしはさせられないかもしれない」

「それでいいよ」

「異民族が襲撃する危険もある」

「俺は龍神だよ？　そう簡単に負けたりしないと思うよ」

「誰かがあなたを都に連れ戻そうとしたらどうする？」

俺はにっと笑う。

「都に行って、話をして、またここに戻ってくるよ。飛べるようになったしね」

「しかし……」

俺は見張り台の端まで歩いて、俺を見て集まってきた人々と、その向こうの荒れた土地を見やった。

「ここはエイメイの知る限り、国中で一番助けの必要な場所なんでしょ？　それなら、俺がここにいるのも自然だと思う」

「それは、そうだが」

エイメイは俺が心配なんだな。俺を危険にさらしたくないんだ。

それは嬉しい。でも、俺が求めているものはちょっと違う。

「俺はここにいる。ここに、エイメイのいるところに」

彼は打たれたかのように止まり、迷っていたけれど……不意に再び俺を抱きしめた。さっきより、もっと強く。

「あなたは本当に、無茶な方だ」

「そうだよ。無茶なんだよ。止めようったって無理だよ」

「わかった。だが、ここに残るなら覚悟してほしい。安狼郡は今年の実りを期待できない。少ない蓄えと朝廷からの援助でどうにかあと一年を乗りきらねばならない」

今年の実り。枯れた稲。今後も厳しいだろう、乾いた土地。

身体の内側から、何かが俺を突き動かす。やるべきことがあるんだ。いまならなんだってできる。

「エイメイ。俺の手を握って」

「手を？」

疑問は口にしつつも、彼は俺の手を取った。あたたかくて、少し荒れている。

俺は目を閉じた。力が満ちて、溢れる。それは俺の足下から土に広がり、地中を走って、枯れた根に入り込む。

みんな、起きて。もう一度生きるんだ。

大地に緑を。荒野に実りを。

俺の力が、深く、遠く、広がっていく。

「なんてことだ……」

エイメイの声で目を開けた。眼下に広がるのは、これまで見ていた荒れ地ではなく、緑の大地だった。

枯れていたはずの作物が色を取り戻し、稲穂が揺れていた。城の人々も、城門前に集まっていた村の人たちも、みんな一様に驚きで声を失っている。

「奇跡です……！」

感極まったショウレンが呟き、頬の涙を拭った。

「これは、あなたが？」

「そうみたいだね。自分でもこんなことができるなんて、やってみるまで知らなかった。だけど、だいぶ力を使っちゃった」

よろめいた俺を、エイメイが抱き止める。

「大丈夫か？」

「うん。ちょっと疲れただけ」

俺は彼の胸にもたれる。頬が濡れる。

「ねえ、ふたりともびしょ濡れだね。雨のせい」

俺たちだけじゃない。ショウレンだって、ほかの人たちだってみんな、髪から水を滴らせている。

俺は右手を高く動かした。てのひらから水が迸る。ちょうどその時雲の切れ間ができて、射し込んだ陽光を映して虹がかかる。

「きれいだね」

と言うのんきな俺に、水飛沫がかかる。

「水を出すだけなら疲れてたってできるようになったんだよ。何回も練習したんだ。ほら、見てよ」

シャワーのように手から水が降り注ぐ。

エイメイは笑った。

「仕様のない人だ。玩具を手に入れた子どものように」

彼は俺を抱き上げた。ちょっと痩せたと思ったのに、相変わらず外見より逞しい。

「あとのことは頼む」

「心得ました！」

ショウレンが、それ以上はできないってくらいに威勢よく答えた。

俺の耳元に、エイメイが囁く。

「よく来てくれた。私の愛しい龍神よ」

彼は太守の寝室に俺を連れていった。祠廟の寝室よりはだいぶ狭くて、装飾も少ない。机には地図と竹簡、ほかに模型のようなものもいくつか置かれていて、エイメイが寝る間も惜しんで働いていることがわかる。

彼は俺を床に下ろして、帯に手をかけた。濡れた嘉服が床に落ちる。

俺はちょっと面食らった。だって、こんな性急な彼は初めてだったから。

「いいの？　床に染みができちゃうよ」

「構わない」

彼は俺の腰を抱き寄せて、唇で口を塞いだ。舌が間を開く。やわらかいものを口の中に感じて、俺は喘ぐ。

「んぅ……ん」

舐め合う舌が熱くて、俺の芯にも火が灯る。

俺もエイメイの帯を外した。息も継げない濃厚な口づけを交わしながら、襟を開く。互いの衣服を剝ぎ取って、素肌を絡める。

エイメイが俺をベッドに倒した。そのまま首筋に吸いつく。ぞくぞくする震えがそこから全身に走った。

ひと月半ぶり、なんだっけ。それどころじゃなくて、あんまり考えていなかったけれど。たぶんそれは、彼も同じ。

彼のてのひらが、俺の首筋から喉仏を撫でて、胸に下りる。指先が触れるだけで、俺は息が上がる。初めてのように新鮮で、ずっと焦がれていたかのように懐かしい。

「エイメイ……」

呼んだ口を、もう一度塞がれる。下唇にやわらかく歯が食い込んだ。

俺の身体を撫でていた手は、脇腹から腰をさすっている。もっと触ってほしい。俺の身体、全部を彼に愛撫されたくてどうしようもない。ねえ、なんて、誘うように腕を摑めば、彼は俺の耳に口づけする。舌が肌をなぞると、彼の髪が垂れて俺を濡らすんだ。熱い刺激と、冷たい刺激とで、二重に舐められておかしくなりそう。

エイメイが俺の胸の尖りを舌で突つく。そこが弱いことを知っていて、彼は執拗に責めてくる。普段はそこにあることも意識しない、小さな突起なのに。吸われたり、嚙まれたり、嚙んだ箇所を慰めるように舐め回されたり。俺はそのひとつひとつに、いちいち敏感に反応してしまう。

「……っ、う……」

彼は俺の乳首を指で弄びながら、俺の耳朶を嚙んだ。

「あなたの声を聞きたい」

「え……、な、なんで」

「あなたが確かにここにいると実感したいから」

彼は小さく息をついた。

「私の名を呼んで」

胸が痛い。嬉しくて、幸せで。

「エイメイ」

「河伯」

頰にキス。唇にも。

エイメイは俺の内股に手を滑らせた。巧みに脚を開かれて、触れられるのかと思ったら……、腿や脚の付け根をなぞるだけで、肝心なところには触ってくれない。

焦らされて、たまらなくなる。だから俺は、誘うつもりで彼のものに手を伸ばした。

エイメイが、深く息を吐いた。

彼の性器は硬く、重く、大きく、俺の手に収まりきらない。これが俺の中に入るなんて、考えると不思議というか、ちょっと怖い。人間の身体ってそんなに拡がるんだなって。

彼は俺の顎を上向かせて、唇を啄(ついば)む。手は俺の陰茎を包んでいた。上下に動かされれば、俺はすぐにでも達してしまいそうになる。さっき焦らされたせい。

「だ、め……、エイメイ」

これは、「やめて」の「だめ」じゃなくて、「やめないで」の「だめ」。

エイメイは手を外して、下半身を密着させた。触れ合う口と、下腹部の熱いもの。ゆっくり揺らされて、こすれるのが気持ちいい。エイメイが俺の尻を両手で摑んで、抉るようにこすりつけてくるのも。そんな、どこか荒っぽいこともする人だったんだなって、新たな発見をしたのも嬉しい。

「んっ、ん、ふ……っ」

頭がぼうっとしてくる。胸もいっぱいになって、どろどろに溶けていく。

エイメイが上体を起こし、何か探している。もしかして、いや、もしかしなくても、香油かな。

ないのかな。あるとしても探しているんだから、俺が来るまでこういうことは頭にも浮かばなかったのかな。

エイメイらしい。

不意に彼が振り返った。ようやく見つけたらしく、その手には小さな瓶が握られていた。

「河伯」

彼は俺の腿を割り、腹に香油を垂らした。それからちょっと、「どうしようかな」って顔をして、その後俺の上に背中を丸めた。

「えっ……、え、あ、嘘っ」

彼は俺のものを舐めた。

そんなことするなんて。してくれるなんて、思いもよらなかった。

やわらかく湿ったものが這い回ると、腰がひとりでに浮く。下半身が疼いて疼いて我慢できそうにもない。

「あっ、ああっ、あぅ……ん」

声も抑えられない。

エイメイは俺の腹を撫でた。どことなくいやらしい手つき。指先の動きに震えてしまう俺。

彼の指は香油をすくった。それを俺の後ろに添えて、塗り込んで、俺が息を呑(の)んだ瞬間に入ってくる。

「んあ……、ああぁ……」

こんなの、耐えられない。前を口でされているだけでもしんどいのに、内側からも押し上げられて、だらしなく口元が開いてしまう。

エイメイの指は、俺の中を揺らして探る。指が深く入り、出ていく時に、静かな寝室にはその音が響くんだ。

「んぅ、んんんっ」

自分の呼吸音が、いやに大きく聞こえる。みっともなくて、情けなくて、艶っぽくて、苦しい。

彼は俺の鬢を撫でさする。優しいその動きが、かえってもどかしい。

エイメイが口淫をやめた。さっきまであたたかく包まれていたそこが、急に放り出されたようでぞくりと冷える。

彼は指二本で俺の後ろを確かめる。門はぬめり、緩んでいた。

「いいようだ」

「……ん」

エイメイが俺のそこに硬いものをあてがう。

張りつめた杭が、少しずつ俺を割り開いた。腰が強張る。ひと月半を経た悦びに、膝がわなないた。

「あぁ……っ！」

腰に、奥まで彼を感じる。

エイメイは、最初はいつもゆっくりだ。時間をかけて俺を慣らして、味わうように抱く。その注意深い抽挿は俺に、否応なしに彼の質量を感じさせる。

「あ、あ……ん、あっ……」

締めつけてしまう。絡んで、吸いついて、もっともっとと彼を求める。爪先まで甘く痺(しび)れて、ただ喘ぐことしかできない。

ああ。気持ちいい。気持ちいい。

「エイメイ……っ」

このまま溺(おぼ)れてしまいたい。

俺は彼の肩にしがみついた。繋がっているところが熱い。その奥はもっと熱くて、切なくて、もう溢れてくる。

「河伯」

彼が俺を呼ぶ、その声も切なくて。

突き上げてくる、速くなった彼の動きに、理性も手放して悶えた。

「んぁっ、あ、ふぅ、んん……っ」

腹がぎゅうと凹んで、脚の間が快感に満たされる。

俺は喉を反らして声にならない叫びを上げた。内股の震えをどうすることもできない。

射精してしまったことはわかったけれど、恍惚があまりに強烈で、動けなくて。

その間にもエイメイは腰を打ちつけてくる。弛緩しかけた俺の手足が再び緊張して、痙攣する。

「あぁぁ、エイメイ……、エイメイ……っ」

「河伯……」

彼は俺を抱く。優しさと荒々しさの同居した仕草だった。

中で彼が脈打ったのだけ、最後に感じた。


しばらく横たわって休んだ後、風呂に入った。

それから俺たちは、長い話をした。

俺がゲンリョウに連れ出されたあの日、エイメイは丞相に呼び出されたそうだ。下された命令は、安狼郡の太守就任。やられた——と、すぐに思い当たったという。

ちょうどその頃、安狼郡の前太守が病気で都に戻ってきていた。代理を残してきたものの、太守の座そのものは空席で、後任を探していた。難しい土地だからと、誰を据えるか朝廷内でも意見が分かれていたらしい。

そこに、大将軍ゲンリョウがエイメイを推薦した。

エイメイの優秀さは朝廷でも知られていたから、そこまで意外な人選でもなかった。ただった。

大将軍が推していたから、という以外にも、帝その人からも期待をかけられているようだし、太子だけは、せっかく手元に呼び戻したのにと不満そうだったとか。

命令は覆らなかったんだ。

「私は抵抗した。太子様、司徒様にかけ合い、どうにか回避しようとしたのだが」

『安狼郡は統治が難しい。そなたがここを押さえてくれれば、わが国は安泰であろう』

帝にそこまで言われれば、従わざるをえない。

「しかし、ショウレンは置いていくつもりだった。私が戻らぬまでも、見知った顔がある方があなたにはよいだろうから」

だが、祠廟には既にゲンリョウの手が回っていた。世話役を変えるのだから人員も入れ替えると言われ、ショウレンは出ていくようにと迫られた。そこで争っては主人の立場が悪くなる。ショウレンは泣く泣くエイメイのもとに戻った。

エイメイが祠廟に配置したシュウ家の使用人たちは去り、代わりにギ家の使用人たちが来た。もともと祠廟に勤めていた使用人たちはそのまま残ったが、急な交代だったからあんな妙な雰囲気になってしまったんだ。

エイメイはショウレンを連れて安狼郡へ旅立った。到着した先でその貧しさや厳しさを目の当たりにした彼は、ここを安全に暮らせる土地にしようと決意した。

「どうして俺に知らせてくれなかったの？」

「祠廟に書状を残した。あなたが見ていないということは、ゲンリョウ将軍の手の者が握りつぶしたのだろう」

祠廟を支配下に入れたのならば、手紙を捨てるくらい簡単だったはずだ。

「その書状になんて書いたか、訊いてもいい？」

「それは……」

彼はしばし言いよどんだ。

「……安狼郡の太守として赴任することになったため、別の男を選んでほしい――といったことを書いた」

「なるほどね。エイメイらしい。だから俺はこうして追いかけてきた。エイメイ以外を選ぶ気なんてないから」

「あなたのことは諦めたつもりだった。ほかの男を選んでほしいと書き残したのは、判断としては正しかったといまでも思っている」

彼ならそう言うだろう。わかる。

「しかし、こうしてあなたに再会してみると、想像していたよりもずっと嬉しい。自分でも意外なほどに」

小さな吐息が、空気を揺らす。

「こんなに愛しいのに、なぜあなたを置いていけたのかと疑問にすら思う」

その言葉が聞けたなら、俺は満足だ。彼の首に腕を絡めて、思いきり甘える。ふたりきりでだけ許される、甘いひと時。


安狼郡の郡都は、暁(ぎょう)という。

翌朝早く、俺は客間に連れていかれた。今日からはここが俺の部屋になるそうだ。暁の城では俺が客で、エイメイが主人だ。

ショウレンが服を持ってきてくれた。

「僕は幸せです。またこうして河伯様のお世話ができるなんて」

「俺も嬉しいよ。やっぱりショウレンがいないとだめ。昨日だって自分で着替えてきたんだけど、ちょっとよれてたもん」

「正しい着付けなんて覚えないでくださいね？　僕の仕事がなくなっちゃいます」

目をくりくりさせて、ショウレンは俺をからかった。

「だけど、河伯様が来てくださって本当によかったです。僕、暁に来てからエイメイ様が心配で仕方がありませんでした」

「そんなに無理してたの？」

「ずっと気落ちしていらっしゃるご様子でした。時折ぼんやりしたり、ため息をおつきになる時もあって。特に夜はお寂しそうで……。あんなエイメイ様を見たのは初めてでしたので、僕もどうしていいかわかりませんでした。一度、河伯様はどうしてらっしゃるでしょうねって、言ってみたんです。そうしたら、エイメイ様は何も答えずに寝室に入ってしまいました」

ショウレンは俺の帯をきりりと結んだ。

「河伯様と離れたのが思いのほかこたえていらっしゃるようでした。僕の目から見ても、河伯様といらっしゃる時のエイメイ様はお幸せそうでしたから」

「そんなに？」

「はい。全然違いますよ。いまだから言いますが、河伯様と結ばれる前の、叱りつけていた時でさえ、ほかの方に対する時とは違いました」

「そうなんだ……」

ここに来てよかった。追いかけてきてよかった。

朝食の時間だ。食卓で、エイメイは俺を上座に置いた。

「隣でいいのに」

「そういうわけにも……」

言いかけて、彼は思案する。

「いや……。あなたがそうしたいというのなら、夕食からは席を替えよう」

食事は祠廟よりはずっと質素とはいえ、充分な量が出た。

「こんなに、いいのに」

俺が言うと、ショウレンは頭をかいた。

「それがですね……。昨日城門前に集まっていた人たちが、自分たちの食料から少しずつ城に持ち寄ってきたんです。あの奇跡を見て、ぜひ河伯様にと」

「そんな」

これは候補者たちからの贈りもの作戦とは違う。自分たちも苦しい中から、それでも俺へ贈りものをしたいって持ってきてくれたんだ。

その気持ちは、無下にしちゃいけない。

「みんな、まだ近くにいるの？」

「はい。城門前にいるようです」

俺は急いで見張り台に出た。下に残っていた人々がざわめいた。

「みんな、ありがとう。みんなが安心して暮らせるように、ここにいる太守シュウ・エイメイと一緒に尽力するから、あなたたちにも協力してほしい。お願いします」

俺は頭を下げた。

安狼郡の人々はずっと俺を見上げている。中には涙で頬を濡らした人もいる。

「お食事にしましょう、河伯様」

ショウレンが言った。この子の頬も濡れていた。

朝食を終えた俺は、再び見張り台に立つ。

一度都に戻り、ギシュク皇子とシコウに今回の件について話さなきゃいけない。

ひとつめ、エイメイは任期を全うするつもりでいる。

ふたつめ、ただし、いずれ都に戻ることには同意している。太子が呼び戻したがっているからね。農業改革と、異民族対策、主にそのふたつが軌道に乗ったらの話。

短くとも三年。長ければ、十年を超えるかもしれない。

みっつめ、俺はエイメイとともに安狼郡の郡都、暁に留まる。彼の仕事を手伝って、公私ともに支えたいから。これは、議論の余地なし。決定事項。

こういったことをふたりに報告して、できれば太子とも話して、合意を取りつけなきゃ。

エイメイとショウレンが見守っている。

俺はわざと軽く言う。

「飛んでいって、話をして、また飛んで帰ってくるには……。二日かな。三日はかからないように努力する」

「本当にひとりで大丈夫か？　万が一ゲンリョウ将軍が何か仕掛けてきたら……」

「大丈夫だよ。もしまた閉じ込められそうになったら、窓でも壁でも突き破って出るよ」

エイメイは俺を抱きしめた。部下がいてもそんなふうにしてくれるのは、たぶん、いまだけ。

「無理はするな。危なくなったらすぐ逃げてきてくれ」

「大丈夫だってば」

俺は踵(かかと)を上げて、エイメイに唇を合わせた。

「行ってくるね。またすぐ戻る」

「ああ。気をつけて」

そうして俺は龍の姿に戻り、空に飛び上がった。

終章　龍神の帰還

見渡す限りの、頭(こうべ)を垂れる稲穂。

今年の実りはここ数年で最もよかった。荒れ果てた不毛の地——なんて言われていたのが嘘みたいだ。安狼郡は急速に農業が発展し、生産高も人口も右肩上がりに伸びている。

俺は稲穂に触れる。ふくらんだ穂には生命が詰まっている。大地は水をたたえ、繰り返し緑を芽吹かせる。

「黄金の稲だね」

あるいはこれは、本物の黄金よりも価値のあるものかもしれない。少なくとも、俺にとっては。

エイメイが安狼郡の太守となって、三年が過ぎた。

彼が行ったさまざまな改革はおおむね上手くいっている。放棄された農地を開墾し直して、灌漑(かんがい)設備を整え、小作人を募り、その一方で異民族対策。砦(とりで)を築いて防衛線を強化しつつ、和平交渉を進めた。今年は彼らの土地を通ってその向こうの異国と交易を行うなんて離れ業もやってのけた。

エイメイは本当にすごい。いまになって考えると、彼を太守に推薦したゲンリョウは別に間違ってはいなかったんだ。

安狼郡、特に郡都である暁の人口が増えたのは、俺のせいもあるらしい。龍神にひと目会いたいって人がやってきて、そのまま居ついてしまったりもするんだとか。

都市伝説的な話まで広まっていて、暁で俺に会うと幸せになれる——なんて噂も、あるとかないとか。まあ、俺はよく暁の街をうろついているから、わりと会えるって言えば会えるんだけど。

時々は、エイメイについて村々を回ったり、異民族との境に行ったりもする。エイメイ曰く、俺がいると交渉が上手く進むんだそうだ。たぶん、角のせい。人間じゃないってひと目でわかるからね。

ショウレンは十六になり、ここ二年でぐんと背が伸びて俺を追い越してしまいそうだ。

エイメイはショウレンを俺の世話から外した。

「どうしてですか？　僕はずっと河伯様のお世話がしたいです！」

そう主張するショウレンに、エイメイは言った。

「お前には今後河伯の世話ではなく私の補佐をしてもらう。いずれは仕官し朝廷に入ることとなるだろう」

「えっ！　でも、僕なんかが……」

生まれが重要な嘉では、貧しい村の出身者が仕官することは難しい。エイメイが推薦して、後ろ盾になって、その慣習を破るのだ。

「お前は目端が利く。私を助けてもらいたい」

「もったいないお言葉です」

熱いエイメイ推しであるショウレンは、感涙にむせび泣いていた。これは大げさに言っているんじゃなくて、本当のこと。

そんな、ある朝。

都から書状が届いた。

エイメイは書状を開いて一読すると、顔を上げて宣言した。

「都に戻る」

「太子から？」

「いや、陛下の命令書だ。私に司徒府の長史として勤めるようにと」

長史は司徒に次ぐ役職だ。エイメイは昔司徒府にいたから、出世して古巣に戻ることになる。

「受けるの？」

「ああ。安狼郡もずいぶん安定した。後任の人事も特に問題はなさそうだ。断る理由はない」

「じゃあ、久々の都復帰だ。だけど、意外だな。てっきり太子に呼び戻されるんだと思ってたのに」

「陛下もエイメイ様をお認めになっていらっしゃるということですよ。いずれは司徒、丞相も夢ではありません」

自分のことみたいに誇らしげに、ショウレンが言った。

この三年間は、大変だったけど楽しかった。事前に聞いていた通り、難しい土地だった。反乱が起きたこともあったんだ。エイメイはいろんなことに素早く、また粘り強く対処して、俺やショウレンはその手伝いをして。

簡単じゃなかった。それでも、いざそれが終わるとなると、寂しかった。

エイメイが俺の肩を抱く。

「今日は暁を回ろう。街の様子を見ておきたい」

「うん」

半月ほどの準備を経て、俺たちは都に向けて出発した。

急ぐ旅じゃない。途中の街々に立ち寄り、その郡の太守、または県令と会談して、俺たちは穏やかに進んでいった。

都から数日という距離まで来て、予期せぬ人物と再会した。街の城門前で待つその人を目にして、俺は声を上げてしまった。

「ギシュク皇子！」

「お久しぶりです、龍神様」

ギシュクははにかんで笑った。

よかった。俺はこの人に対してはいろいろと複雑な思いがあったけれど、彼の方ではかなり吹っ切れてきたみたい。顔色にそれが表れている。

エイメイが馬を下りる。

「お久しぶりでございます、ギシュク皇子。お気遣いいたみいります」

「いいえ。実はエイメイ殿に折り入ってご相談があり、こうしてお迎えに参上いたしました」

変だな。皇子であるギシュクが、格下のはずのエイメイに敬語を使っている。

エイメイも首を傾げていた。

「ご相談、とは？」

「まずは宿にご案内いたしましょう。こちらです」

ギシュクが連れていってくれたのは、大きな商家だった。恰幅（かっぷく）のいい主人が出迎える。

いわゆる「御用達（ごようたし）」の商人のひとりらしく、先の交易に関わっても利益を得たそうで、俺たちを歓待してくれた。

食事の間は、他愛のない会話が続く。

「太子様はご息災でしょうか」

エイメイが訊いた。ギシュクはいま、太子の下で交渉役として動いているらしい。ゆくゆくは外交方面を担うと噂されているとか。

第四皇子が、その能力を認められたんだ。

「ギ家の娘を側室に迎えたことはご存じでしたね。このたびご皇女がお生まれになりました」

俺はほっと胸を撫でおろす。

「そうか。上手くいってるんだね」

「たおやかな優しい女性のようで、太子様もたいそうお気に召したとか」

正室の后には申し訳ないような気も、ちょっとする。

ギ家の娘とは、言うまでもなくシコウの妹だ。彼女が太子の側室に迎えられたのは政治的な意味合いが強くて、複雑な経緯があった。

まず、三年前、俺が祠廟を飛び出した後の話から。

ゲンリョウによる、エイメイへの報復的ともいえる人事について。これはエイメイ自身がこのまま太守として務めたいと申し出たこと、帝も納得しての人事だったことから、咎めだてするような雰囲気ではなくなってしまった。

だから、俺個人としてはゲンリョウにひとこと言ってやりたかったけれど、ぐっとこらえることにしたんだ。

でも、こらえきれなかった人が、ひとりいた。

シコウだ。

ゲンリョウは一兵卒から大将軍にまで上り詰めた偉大な武人だ。その裏で、何度も他人を蹴落（けお）としてきたのだという。息子のシコウは一番近くでそれを見てきた。叩けばいくらでも埃（ほこり）が出る――とばかりに、シコウは数々の証拠を突きつけてゲンリョウを閑職に追いやった。

難しいのが、ここから。

嘉ではひとりの罪が一族全員の罪と見なされる場合も多い。いつかエイメイが「三族みな処刑」とか言っていたのもそれ。今回でいうと、ゲンリョウの悪行を暴いたのはほかならぬシコウだったのに、息子だからという理由で彼にまで処分が及びかねなかった。

それを避けるために、シコウは太子に働きかけた。太子からの要求は、ギ家の娘を側室として入れること。これを受けて、シコウの妹が太子と結婚。かくしてシコウとギ家は守られた。

当の妹はどう思っているんだろうかと心配していたけれど、ギシュクの話では仲よくやっているようだ。

一連の動きの中で、ギシュクはシコウと太子との仲立ちを果たしたらしい。

「シコウ殿には再婚の話が出ているようです。彼のことですから、どうなるかはわかりませんが」

ギシュクが言った。

「あなたはどうなの？　縁談とか……、恋人とか？」

「私は……」

皇子は商家の主人に目を向ける。

「昨年仕官してきた若者がおります。頭はよいようですが、世間知らずで、放っておけません」

主人も大きな身体を揺すった。

「我が愚息が、ギシュク皇子には大変お世話になっておるようでして」

つまり、父親も公認で、この家の息子と親しくしている——ってことかな。

家族にもちゃんと話を通しているところが、ギシュク皇子っぽい。それに、そこまでするからには、遊びじゃないんだろう。

なんだか安心した。あんなこと言っちゃった手前、気がかりだったから。

食事を終えた。辺りは夕闇が迫っている。商家の主人を中に置いて、俺たちは庭に出た。

「ギシュク皇子。ご相談とは？」

そう、まだそれを聞いてなかった。

「はい。実は、エイメイ殿に教えを乞いたいのです」

「私に……ですか？」

「はい。三年前、安狼郡の太守を辞するつもりはないと龍神様から伺った際、私は己の耳を疑いました。誰がやっても上手くいかぬ土地だと聞いておりましたので、そこに留まるなど正気の沙汰ではないと」

　俺も思い出した。

「ギシュクはかなり反対してたね。戻れるように太子を説得するって言ってるのに、安狼郡に残るなんて自殺行為だって」

「ええ。いまだから申し上げますが、これでは龍神様がいかに尽力したとて、悲しむべき事態は避けられないであろう――そう考えておりました」

「いろんな人がそう考えてたと思うよ」

　俺はここに来るまでのことを思い出していた。太守や県令たちがみんな口を揃えて言っていたことだ。

「しかし、エイメイ殿はやり遂げた。私は感服いたしました。同時に、恥じ入りました。もしも私が同じ立場だったならば、一考することもなく帰ると飛びついていたでしょう。

私は自分のことしか考えていなかった。龍神様がおっしゃった通りです」

　そこまでは言っていないけれど……。いや、言ったも同然か。

「私は皇子として何もかも足りません。エイメイ殿。どうか私にご指導賜りたい。少しでもこの国の役に立ちたいのです」

　なるほどね。それでエイメイに敬語なんだ。

「しかし、それは……」

　エイメイは困っている。そりゃそうだ。相手は皇子だもん。

　ギシュクは止まらない。

「エイメイ殿が司徒府に入ると聞き、私をその下につけてほしいと願い出たのですが、皇子のすることではないと太子様に止められました。ですが、教えを乞う分には構わないと仰せでした。私はエイメイ殿のように国の礎（いしずえ）となりたい。それが皇子としての務めだと思うのです。ですから、どうかお願いいたします」

　エイメイは助けを求めるように俺を見るけれど。

「いいんじゃない？　ほら、伝承にもあるでしょ。龍神の前で皇子と偉い学者が議論を戦わせたり、お互いに詩を吟じ合って競ったり」

「確かにあるが、私では力不足だ」

「そんなことないよ。ギシュクはエイメイから学びたいって言ってるんだから。自分に足りないものを吸収しようって思うのはいいことだし、身分も立場も関係ない。受けてあげたら？」

「ぜひお願いします」

ギシュクも頭を下げる。

エイメイはなおも「これはどう答えるのが正解なのか」って顔をしていたけれど、観念したように目を閉じた。

「わかりました。いつもというわけにはまいりませんが、なるべく時間を作りましょう」

「ありがとうございます」

「せっかくだから、その時は俺も呼んで。一緒に話聞きたい」

「僕もお願いします」

俺とショウレンがギシュクに乗っかって、エイメイはますます「なぜこうなったのか」って顔になる。俺とショウレンはその顔を見て笑う。

「ギシュクはずいぶん雰囲気が明るくなったね。放っておけないっていうその人、どんな人なの？」

皇子はさっと頬を染めた。

「愛くるしい……と、思います」

すごい。愛くるしいなんて、初めて聞いた。

「いずれは私のもとへ迎えたいと考えております。もしも当人の了承が得られれば、ですが」

父親も公認ってことは、了承しているも同然じゃないか。

だけど、本当にそうなってくれたらいいな。ギシュク皇子が幸せになってくれたら、俺も嬉しい。

俺たちの旅に、ギシュクが加わった。

といっても、数日だけ。その後はすぐ都に着いた。

帝や太子に報告しなきゃいけなかったから、先に宮殿に行った。挨拶の間中、俺はそわそわそわそわしていた。

だって、久しぶりの都だ。

やっと宮殿を出て自由になったら、俺たちは祠廟に向かった。俺の家だ。

ここでも、意外な人物が出迎えてくれた。

「お帰りなさいませ、龍神様」

シコウだ。隣には瞳をキラキラさせた少年がいる。

「お久しぶりです、龍神様！　僕は十一歳になりました！」

「ユウリン？　うわあ、大きくなったね！」

「はい！　背が伸びました！」

元気なのは相変わらず。

俺はユウリンをぎゅっと抱きしめる。

その隣で、シコウはエイメイに向き合っていた。誰が止める間もなく、膝をつき、頭を下げる。

「エイメイ殿。父に代わってお詫び申し上げます。エイメイ殿には大変なご無礼を働きました」

「顔を上げてください。私は何ひとつ不利益を被っておりません」

するとシコウはにやりと笑った。

「確かに。いまやエイメイ殿は陛下や太子様の期待を一身に背負っていらっしゃる。父もばかですよ。わざわざ敵を手助けしたようなものだ。それもこれも、エイメイ殿の胆力を見誤った自業自得ですがね」

両手を広げながら立つシコウ。その言い草、いかにもシコウだ。

「あなたがいまも俺の世話役なの？」

「名目上はね。こうして龍神様がご帰還なさったからには、本来の役目の方にお返ししますよ」

俺はエイメイを振り返った。

「エイメイはどうする？　自宅に帰る？　それとも、ここで暮らす？」

彼は片方の眉を上げた。

「私は選べる立場なのかな？」

「選んでもいいよ。俺も一緒に行くから」

シコウが後ろで噴き出した。

「さすが龍神様ですよ。周りを振り回すことがお得意でいらっしゃる」

「ひどいなあ。そんなことないよ」

「ありますよ。しかし、私はあなたが振り回してくれたおかげで救われました。心より感謝いたします。ありがとうございます」

彼が頭を下げて、癖毛のつむじが見える。

「あなた自身がそれを選んだからだよ。自分のためより、ユウリンのために。そうでしょ？」

「ええ。そうです」

そのユウリンは、いつの間にかショウレンと遊んでいた。面倒見のいい年上のお兄さんに夢中らしい。帰る間際までショウレンにくっついていた。

「また明日ね！」

ユウリンがちぎれそうなほど手を振っている。

「気に入られたね、ショウレン」

「子どもには好かれやすいみたいです。さて、僕はエイメイ様のご自宅の方を見てきますね」

ショウレンが出ていくと、俺とエイメイはふたりきりになった。

本来は、お風呂が先、だろうけど。

「寝室に行っていい？」

「どうぞ」

俺はエイメイを連れて祠廟の寝室を開けた。真ん中に鎮座する、俺の箱ベッド。精巧な彫りもそのままに、ずっと俺を待っていてくれた。

「ああ、久しぶり！　懐かしい！　大好き！」

俺はベッドに飛び込んだ。汚れた身体もいまは気にしない。

「エイメイもこっち来てよ」

彼はベッドの端に腰を下ろした。

「覚えてる？　最初の頃は喧嘩ばっかりしてたよね」

「あれを喧嘩というのだろうか。口論であることは間違いないが」

エイメイは言いながらも俺に覆いかぶさった。唇が触れる。吐息が零れる。

「これからも俺と一緒にいてくれる？」

「もちろん。私はあなたの――」

そう、彼は俺の、夫だ。

終わり

あとがき

初めましての方、いつも私の作品を読んでくださっている方、本作に目を留めてくださりありがとうございます。

かがちはかおるです。

（かがちは／かおる　で、姓／名　です。よく訊かれるので）

本作は私としては初めて挑戦したチャイニーズ風ファンタジーです。

舞台である嘉の国は後漢から三国時代をイメージして書きました。

主人公河伯や癒しの小間使いショウレンに加え、エイメイ、ギシュク、ゲンリョウ、シコウと、多彩なキャラクターたちが書けてすごく楽しかったです。

みなさまにも楽しんでいただけたら幸いです。

ところで。

第十章の章題に「彩雲」とつけましたが、私は虹や彩雲などの気象現象が好きで、よく空を見上げています。

本作の原稿を担当さんに送付した翌日、出勤中に空を見上げると日暈（ハロ：太陽の周りに輪がかかる気象現象）が見えました。

龍神の話を書き上げた翌日に見るとはできすぎた話だなあとも思いつつ、何度も書き直して仕上げた作品でもあったので、報われたような気がしました。

本作の表紙・挿絵を担当してくださったタカツキノボル先生、素敵なイラストをありがとうございました。キャラクターラフを拝見して、どのキャラクターもイメージ通りに描いてくださっていて大変興奮しました。

いつも的確なご指摘をくださる担当編集者様。本当にありがとうございます。今回も大変お世話になりました。

そして本作を手に取ってくださった読者のみなさまにも、最大限の感謝を。みなさまがいてくださるので私は書き続けていられます。心からありがとうございます。

では、また別の作品でお会いできることを願って。

かがちはかおる

本作品は書き下ろしです。

この本を読んでのご意見・ご感想・ファンレターなどお待ちしております。〒110-0015 東京都台東区東上野3-30-1 東上野ビル7階 株式会社シーラボ「ラルーナ文庫編集部」気付でお送りください。

異世界龍神の夫選び

2024年3月7日　第1刷発行

著　　者	かがちはかおる
装丁・DTP	萩原 七唱
発 行 人	曺 仁警
発 行 所	株式会社 シーラボ 〒110-0015　東京都台東区東上野 3-30-1　東上野ビル7階 電話　03-5830-3474／FAX　03-5830-3574 http://lalunabunko.com
発 売 元	株式会社 三交社（共同出版社・流通責任出版社） 〒110-0015　東京都台東区東上野 1-7-15 ヒューリック東上野一丁目ビル3階 電話　03-5826-4424／FAX　03-5826-4425
印刷・製本	中央精版印刷株式会社

　ISBN978-4-8155-3291-8

LaLuna
毎月20日発売！
ラルーナ文庫
絶賛発売中！

LaLuna

毎月20日発売！ ラルーナ文庫 絶賛発売中！

ビッチング・オメガと夜伽の騎士

真宮藍璃 | イラスト：小山田あみ

オメガへとバース変換してしまった王子。
発情期を促すため夜伽役をつけることに…。

定価：本体780円＋税

三交社